NENÊ BONET

Direção Editorial: **Silvio Testa**

Coordenação Editorial: **Fabiana Medina**
Revisão: **Laila Guilherme** e **Andressa Veronesi**
Capa e ilustrações: **Fabiana Yoshikawa**
Diagramação: **Estúdio Dito e Feito**
Tratamento de imagens: **Léo Miguel**

1ª Edição: 2025

Dados Internacionais de Catalogação na Publicação (CIP)
(Angélica Ilacqua CRB-8/7057)

Clair, Janete
Nenê Bonet : romance / Janete Clair . — 1. ed. — São Paulo : Editora Instante, 2025.

ISBN 978-65-87342-79-5

1. Ficção brasileira I. Título

CDD B869.3
25-0076 CDU 82-3(81)

Índices para catálogo sistemático:
1. Ficção brasileira

Texto fixado conforme o Acordo Ortográfico da Língua Portuguesa de 1990, em vigor no Brasil a partir de 2009.

www.editorainstante.com.br
facebook.com/editorainstante
instagram.com/editorainstante

Nenê Bonet é uma publicação da Editora Instante.

Este livro foi composto com as fontes Arnhem e Monterio e impresso sobre papel Pólen Natural 70g/m² em Edições Loyola.

FSC
MISTO
Papel | Apoiando o manejo florestal responsável
FSC® C008008

instante

JANETE CLAIR

NENÊ BONET

Romance

Advertência ao leitor: Ambientado no Rio de Janeiro da década de 1920 e publicado originalmente em 1980, *Nenê Bonet* deve ser compreendido em uma chave de leitura que considere tempo e espaço bastante específicos. Mantivemos eventuais formas depreciativas de descrever a prática de religiões de matriz africana, que revelam a perpetuação de estereótipos racistas na vida social brasileira, entre outros termos e comportamentos passíveis de problematização no contexto atual, para não enfraquecer a voz narrativa e preservar o uso empregado pela autora na contextualização do período histórico.

Agradeço a colaboração de Eduardo Borsato,
que adaptou este texto, escrito
originariamente em forma de telenovela,
para sua forma atual, literária.

CAPÍTULO 1

Quando Ernestina, Nenê, nasceu, sua mãe, Adelaide, tinha mais de trinta e cinco anos. Se a menina vinha corresponder a um sonho longamente acalentado pelos pais, seu nascimento custou a Adelaide a perda definitiva da saúde. Casada havia mais de quinze anos com Agenor Batista, rico fazendeiro e criador de gado de Valença, Adelaide via o tempo passar sem que concebesse. De nada adiantaram os médicos consultados no Rio de Janeiro, os longos tratamentos. De certa forma, já se havia conformado àquela existência solitária, ao vazio dos cômodos do casarão da fazenda, quando percebeu que, enfim, engravidara. A partir daí passou a viver, de maneira absoluta, o encantamento que seu estado lhe proporcionava. Do rico enxoval mandado comprar no Rio de Janeiro até as minúcias da escolha de futuros companheiros de folguedos, nada parecia demais ao ente que viria dar novo sentido à sua vida. Aquela espécie de cega devoção continuou, mesmo depois que, a filha já nascida, Adelaide compreendeu que se transformara em pouco mais que uma inválida. Se o preço de sua felicidade era esse, ela o pagaria de bom grado, pois nada lhe era mais inebriante do que ver aquele pequenino ser tomar forma, agitar-se em seus braços, sugar-lhe o seio.

Foi assim, cercada por uma atmosfera de quase unção, que Nenê cresceu. A seus olhos de criança, contudo, não passava despercebido o fato de que, de uma maneira que ainda não compreendia, tinha contribuído para a doença da mãe. Voltar-se então para ela, retribuir a dedicação que recebia com dedicação idêntica não foi mais que uma consequência. O pai, adorando-as, não fazia mais que facilitar aquela espécie de jogo. Na verdade, encantava-o a união e a amizade das duas, união e amizade da qual ele talvez fosse o maior beneficiário. Nas tardes ensolaradas, Adelaide era trazida para a varanda do casarão. Ele se sentava ao pé dela, a criança brincando ao redor dos dois. Que vontade tinha, nesses momentos, de fazer o tempo parar, imobilizando-os, a fim de que não lhes escapasse uma felicidade que lhe parecia infinita.

Mas o tempo voava, Nenê crescia, logo chegou o momento em que deveria começar a estudar. Valença, por essa época, 1907, não era mais que um lugarejo atrasado, sem nenhum recurso. Por causa disso, era costume os filhos dos fazendeiros ricos serem mandados para colégios internos no Rio. Mas privar-se da filha, ficar sem sua presença, era algo que nem Agenor, nem Adelaide podiam admitir. Assim, ao contrário dos outros fazendeiros, ele fez vir os professores à fazenda, não se detendo diante de nenhum obstáculo, contratando os melhores a peso de ouro, a fim de que Nenê tivesse também a melhor educação possível. E, quando Adelaide mostrou desejos de que a filha aprendesse piano, ele importou um belo Bechstein de cauda e fez vir do Rio de Janeiro um quase virtuose, para cuidar da iniciação musical da menina.

Aos dezesseis anos, pode-se dizer que Nenê retribuíra em dobro todos os cuidados, o desvelo dos pais. Era inteligente, aplicada aos estudos, ótima pianista e, acima de tudo, muito bonita. Herdara do pai o caráter forte, contestador. Da mãe lhe vinham os principais traços físicos, a conformação dos olhos, muito negros, a boca delicada, os seios, miúdos e pesados. Da mãe também lhe vinha, sobretudo, uma aparente fragilidade, ela sempre a parecer necessitada de dependência, proteção.

Se, àquela idade, Nenê reunia condições para ser extremamente feliz, a vida, por ironia, espreitava-a, para um primeiro e rude golpe. Depois de longa e funda agonia, Adelaide morreu. A perda da mãe foi um choque tão grande para Nenê que ela também se viu desejosa de morrer, abandonar um mundo que lhe roubava daquela maneira um ser tão querido, assemelhando-se a um simples dever. Mas a própria vida, por meio de seus invisíveis liames, encarregou-se de fazê-la tornar a si. Além disso, havia agora o pai, os dois a se necessitar mutuamente, apoio e anteparo para um futuro que temiam, mas do qual não poderiam fugir. Ao contrário da filha, no entanto, Agenor não se concedia o direito de acalentar nenhuma espécie de ilusão. Sabia que o fim de Adelaide marcara seu próprio fim, a preocupação com o que seria de Nenê depois que ele também se fosse como o único motivo pelo qual ainda permanecia vivo. Só agora compreendia que o amor dele e de Adelaide tinham-na sufocado, despreparando-a para o que deveria enfrentar. Do que adiantava toda a sua educação se ela era incapaz de compreender o manejo do mais simples dos negócios? O que seria da fazenda, das plantações, do gado, de toda a fortuna que ele amealhara, quando ela tivesse de administrá-la? Agenor sentia o sangue gelar-lhe nas veias toda vez que pensava nisso, já antevendo Nenê a malbaratar seus bens, a viver, pobre e desamparada, no meio de coisas e pessoas que não sabia entender.

A angústia de Agenor não durou muito tempo, porém. Pouco mais de um ano da morte de Adelaide, Nenê já na casa dos dezessete, ele começou a notar o interesse que o mais velho dos Vilaça, Julião, parecia nutrir por ela. Alceu Vilaça, pai de Julião, era, como ele, Agenor, importante fazendeiro e criador de gado, suas propriedades a fazer limite uma com a outra. Anos atrás, tinham sido muito chegados, Adelaide e ele sempre a visitar Alceu e sua mulher, dona Alzira. Depois, com o nascimento de Nenê, os dois voltados unicamente para a filha, as visitas se espaçaram, acabaram por se findar, embora a amizade permanecesse, inabalável. De Julião, Agenor tinha notícias constantes, sabia-o ótimo administrador, à frente de todos os negócios do pai, pois Alceu, já alquebrado, preferia gozar sua velhice na paz da casa-grande da fazenda, ao lado da mulher, da filha mais nova, Isabel, e da irmã, Anita.

Era assim, com indisfarçável prazer, que via Julião amiudar suas vindas ao casarão, primeiro a pretexto de ouvir seus conselhos a respeito de um ou outro negócio, depois franca e abertamente à procura de Nenê. Era dez ou onze anos mais velho que ela, mas Agenor não via isso como desvantagem; achava que ele, mais maduro, mais experiente, dispunha de condições ideais para proporcionar a Nenê o apoio, a proteção de que ela necessitava. Enfim, o destino, se fizesse com que eles se casassem, tornar-se-ia seu mais precioso aliado, não se cristalizaria no fantasma agourento que ele imaginara logo depois da morte de Adelaide.

Quanto a Nenê, foi num misto de surpresa e puro encanto que recebeu a corte de Julião. Não tendo do amor e do sexo senão noções vagas, imprecisas, apreendidas aqui e ali, num ou noutro romance, era com viva emoção que se via agora transformar no objeto do amor e do sexo de um homem. E de um homem como Julião, que a agradava de maneira imensa, com seu porte nobre, o rosto de linhas regulares, o bigode, os cabelos muito negros, ondulados. Costumava aparecer pela tardinha. Ficavam na varanda, conversando, ou davam grandes voltas pelo jardim que rodeava a casa. Ele caminhava muito empertigado, sempre correto, o chapéu numa das mãos. Nunca tentara uma palavra ou um gesto mais ousado, mas na hora da despedida, quando se davam as mãos ou quando, o namoro já mais adiantado, depositava as mãos dela entre as suas, Nenê sentia algo estranho a dominá-la, a tomar-lhe toda. E ansiava, afogueada, para que ele repetisse o gesto, porque compreendera o ardor que lhe devotava, o sexo, o desejo a brotar dentro de si de maneira insuspeita, quase brutal.

Seis meses depois ficaram noivos, e, às vésperas de ela completar dezoito anos, em novembro de 1920, casaram-se. Agenor, como se sua vida, com aquilo, tivesse encontrado seu último e principal objetivo, morreu, semanas após o casamento. Imaginava, ao morrer, deixar para a filha uma existência retilínea, com um mínimo de tropeços, sofrimento.

Mas não era bem isso que estava reservado para Nenê, nem ela, nem Agenor podendo adivinhar os verdadeiros motivos que tinham levado Julião àquele casamento, os reais contornos de sua personalidade, o que ele mantivera oculto e o pouco que, deliberadamente, deixara revelar.

UMA MULHER INFELIZ

Julião saltou do táxi e entrou no sanatório. Ficava na Gávea, era um lugar amplo, o pavilhão central no meio de um imenso jardim, o melhor sanatório para doentes mentais do Rio de Janeiro. Tomou por uma das aleias, seguindo em direção à entrada do pavilhão. De repente, em meio ao jardim, deu com Nenê, caminhando em direção oposta à sua. Observou-a, oculto por entre os arbustos. Sozinha, ela se dirigia para o centro do jardim. Seu andar era calmo, o porte ereto, os passos firmes, seguros. Mas que diferença entre aquela Nenê e a outra, com quem se casara, um ano antes... Além dos cabelos, muito curtos, havia suas fantasias, a revolta que passara a nutrir contra ele, um mundo agora a separá-los, hostil, medonho. Julião ainda permaneceu por longo tempo ali, seguindo-a com o olhar. Depois, com um suspiro resignado, entrou no pavilhão, foi direto à sala do dr. Ivan Cortes, diretor do sanatório e médico particular de Nenê. O médico recebeu-o com um sorriso, um aperto de mão, mandou que ele se sentasse. Era um sujeito ainda bastante jovem, embora já fosse um dos mais afamados psiquiatras da cidade. Tinha um jeito agradável de falar, a voz mansa, os olhos muito claros sob os óculos de aros grossos.

Enquanto Julião se acomodava na poltrona à sua frente, dr. Cortes comentou, sem deixar de sorrir:

— Não o esperava por aqui hoje.

Julião respondeu, um indisfarçável nervosismo na voz:

— É... não pretendia mesmo voltar. Mas, quando saí daqui ontem, fiquei muito preocupado com o jeito de minha mulher.

— Ela não apresentou nenhuma alteração de comportamento. Apenas continua negando que esteja doente, insiste em afirmar que tudo o que lhe aconteceu foi real.

Julião ergueu-se da poltrona, deu alguns passos pela sala, agitado. Era um cômodo pequeno, mas confortável, as paredes muito altas, o pouco mobiliário emprestando a tudo um ambiente de calma, sobriedade. À esquerda de Julião, havia uma janela de guilhotina, os caixilhos arriados. Por ela, divisava-se todo o jardim e, nele, Nenê a caminhar, entre os arbustos.

— Absurdo! — exclamou Julião por fim, detendo-se diante do médico. — Tudo não passa de obra de sua imaginação, fantasias que ela criou. O senhor sabe em que estado lastimável ela chegou. Aliás, não sou o único responsável por ela ter sido internada!

— O senhor parece estar se defendendo de alguma acusação. Mas eu não o estou acusando. Não estou sequer afirmando que sua esposa não esteja doente. Apenas coloquei-a sob observação. De fato, o comportamento dela não tem sido normal, e acredito em sua palavra. Só estou dizendo que ela afirma que não imaginou nada e que tudo o que aconteceu foi real. Mas esse é também um sintoma de doença. Todo esquizofrênico tem uma imaginação fantástica.

Acalmado, voltando a sentar, Julião perguntou:

— Será que posso voltar hoje para a fazenda, deixando Nenê aqui?

— Eu lhe pediria para esperar mais alguns dias. Preciso de tempo para ter uma opinião mais concreta sobre seu estado, antes de iniciar um tratamento mais intensivo.

— Entendo. Eu espero, então.

— Ela não está apresentando nenhum sintoma de agressividade. Quero agir com calma.

— Concordo, embora estes casos enganem muito.

— Eu sei disso.

Os gestos agora cansados, diferentes dos de antes, Julião se ergueu, deu alguns passos até a janela. Lá fora, Nenê continuava a caminhar.

— Difícil imaginar uma mulher como Nenê nesse estado — comentou.

— Sem dúvida. É difícil.

— Ela está só. Isso não é perigoso?

— Está sendo observada.

Julião insistiu:

— Mas eu quero que uma enfermeira a acompanhe dia e noite.

— Não se preocupe.

Depois de pequena pausa, Julião perguntou, uma leve insegurança na voz:

— Posso falar com ela?

— Claro. Acho que isso só poderá fazer-lhe bem.

Julião saiu, voltou ao jardim, tomou pela aleia que ia dar onde Nenê se encontrava. Estava agora de costas para ele, parada, quase em meio ao jardim. Usava um vestido de tafetá branco, e ele podia ver parte de seus ombros, o pescoço esguio, delicado. Tinha a cabeça levemente pendida para a frente, como se mantivesse os olhos baixos, voltados para o chão. No que pensaria? O que a preocuparia naquele momento?

Do outro lado da aleia, de frente para Nenê, uma freira apareceu, caminhou em sua direção, nas mãos uma bandeja com um jarro e copos. Julião se deteve, a irmã parou junto a Nenê e encheu um dos copos.

— Veja o que lhe trouxe, dona Nenê... um refresco de caju.

Nenê ergueu a cabeça para ela, mas não fez nenhum gesto para apanhar o copo. A irmã insistiu:

— É preciso tomar alguma coisa. A senhora vai se enfraquecer. Desde que chegou, já faz três dias, não comeu, não bebeu nada. Vamos, pegue.

A irmã esticou a bandeja em sua direção. Nenê ficou imóvel por um instante. Depois, com um gesto brusco, num safanão, empurrou a bandeja, que caiu na grama, o jarro e os copos se espalhando pelo chão.

— Ora, não faça isso... que coisa! — exclamou a irmã, entre surpresa e chocada, abaixando-se para apanhar os copos e salvar um pouco do refresco, que já começava a empapar a grama.

— Nenê! — gritou Julião, um nítido temor na voz.

Só então ela deu por sua presença, virou o rosto crispado, a expressão cheia de ódio.

— Por que fez isso? Você precisa tomar alguma coisa — continuou ele, o mesmo temor a dominá-lo, sem avançar um passo sequer em sua direção.

— Vá pro diabo, seu porco — retrucou ela, num tom baixo, tenso.

— Nenê, será que você ainda continua fora de si?

Ela avançou para ele, gritando:

— Porco imundo! Saia da minha frente!

Surpreso, aturdido por uma reação que não poderia supor tão violenta, Julião permaneceu onde estava, plantado ao chão, enquanto ela se aproximava. A irmã se interpôs entre eles; Nenê, mesmo assim, conseguiu arranhar o rosto do marido. Um enfermeiro correu para junto deles, ajudando a freira a dominá-la, enquanto ela continuava a gritar:

— Tirem esse cafajeste da minha frente! Não quero nunca mais ver a cara dele! É um bandido! Me jogou aqui! Não estou louca! Ele é o louco! Eu estou consciente, acreditem em mim! Acreditem! Onde está aquele idiota daquele médico? Ele tem que acreditar em mim! Tudo o que aconteceu foi verdade! Eu não inventei! Não inventei nada! Aconteceu! Aconteceu!

E foi assim, gritando, que a levaram para dentro enquanto Julião, com a marca das unhas no rosto, continuava parado no mesmo lugar, vendo-a se distanciar, sem saber o que pensar de tudo aquilo. Quando ela desapareceu, cruzou o jardim e saiu.

Quanto a Nenê, assim que a fizeram entrar no pavilhão, o dr. Cortes veio a seu encontro, mandou que a soltassem, conduziu-a à sua sala, fê-la entrar e sentar-se. Agitada, nervosa, ela esfregava os pulsos, os braços, magoados pelo enfermeiro e pela freira, quando a contiveram.

— Veja só o que aqueles brutos me fizeram! — reclamou.

O médico se limitou a olhar para ela, sem retrucar. Era mais do que patente sua revolta, seu ódio contra o marido, a agressão sendo apenas um sintoma de algo muito mais grave, mais profundo. Mas do quê?

— A senhora gostava muito de seu marido, não gostava? — perguntou ele, de chofre, com o deliberado propósito de surpreendê-la, não lhe dar tempo para raciocinar.

Zangada, ela ergueu os olhos para ele e retrucou:

— Não sou obrigada a responder.

O médico sorriu, tinha conseguido o que pretendia: ela, provocada, enredada, daria exatamente as respostas que ele gostaria de ouvir.

— Preciso saber o que lhe aconteceu — insistiu.

— Para quê? Para dizer que é mentira, como ele diz, aquele cachorro que me jogou aqui?

— Não, não. Eu só quero conhecer os fatos.

Ela permaneceu alguns instantes calada, depois falou, a voz cortante:

— Eu odeio ele.

— Mas o amava.

— Isso antigamente, quando era uma idiota que me deixava dominar inteirinha por ele. O homem é assim. Subjuga, domina, manda na vida da gente. Até a gente dar um berro de liberdade. Aí ele diz que a gente está louca.

— E a senhora... deu... digo, se libertou?

— Por isso ele me mandou para este hospício, porque me libertei.

— Não foi só por isso.

Ela se ergueu, aproximou-se da mesa, com um gesto resoluto apanhou um cigarro da cigarreira, acendeu-o e deu uma longa baforada enquanto voltava a sentar.

"Até onde aquele gesto, o de fumar em público, evitado escrupulosamente por toda mulher honesta, seria também uma agressão? Ou não passaria de mero símbolo daquela liberdade que ela, com tanta ênfase, afirmava ter conquistado?", pensou o médico.

— Em resumo foi — continuou ela. — Ele quer ter todos os direitos. Eu não. Tentei reclamar direitos, me descontrolei, mas ele teve toda a culpa.

— Conte como aconteceu.

— Eu me casei enganada, pensando amá-lo, pensando que ele era rico. Era uma tonta, com a cabeça cheia de ilusões. Logo me decepcionei. Ele era grosseiro e egoísta como um animal e não era milionário, estava cheio de dívidas, que pagou com o dinheiro que levei para o casamento. Eu não sabia o que era amor, sexo, nada. Em nossa primeira noite de casados, ele quase me matou de dor. A camisola ficou cheia de sangue. Ele nem ligou. Se serviu, virou pro lado e dormiu.

— A... camisola? — perguntou o médico, com jeito, a fim de que ela desse maiores detalhes.

— É, a camisola. O egoísta nunca me deixou ficar nua na cama, na hora de fazer sexo. Dizia que mulher que tira a roupa para homem é prostituta.

Ele pigarreou, talvez embaraçado pela franqueza, enquanto ela continuava:

— Eu não podia sair um milímetro das regras de moral que ele impunha.

A FACE OCULTA

Na verdade, Julião tinha uma face oculta, que Nenê, para sua infelicidade, só veio a descobrir quando já estava ligada a ele definitivamente pelo casamento. À diferença da delicadeza, da finura demonstrada durante o breve tempo de namoro e noivado, ele agora se mostrava rude, quase brutal. Fizera-a também vender todos os seus bens e, com o dinheiro, pagou as dívidas que o sufocavam.

Tudo aquilo foi uma revelação para Nenê, revelação desagradável, atordoante. Não se saber amada, vítima de um casamento por interesse, joguete, objeto nas mãos do marido, tudo isso não era o que esperava, quando, cheia de confiança e ilusões, entregara-lhe seu destino. Mas, pelo menos no início, a revolta ainda não a dominava, tentava compreender Julião, amava-o, era-lhe inteiramente submissa. Ele é que, exigente, insensível, nunca lhe perdoava qualquer espécie de deslize, nenhuma espécie de fuga daquilo que considerava normal. A Nenê cabia sujeitar-se, sem lutar, pois tudo lhe era desfavorável. Já não contava mais com o pai e, vivendo agora na fazenda de Julião, tinha de se amoldar aos hábitos dos seus, hábitos por vezes incômodos, estranhos para ela. Os pais, a tia e a irmã de Julião eram pessoas boas, simples, mas, com exceção talvez de Isabel, sua irmã, permitiam-lhe tudo, viam-no como a uma espécie qualquer de Deus, senhor absoluto do destino e da vida deles. Sua palavra era uma ordem; a brutalidade, as fanfarronices, sempre olhadas com bonomia, complacência.

Dar-se com Isabel mais do que com os outros, torná-la sua confidente, compartilhar com ela angústias e tristezas, foi algo mais que normal para Nenê, quase uma necessidade. Coube a Isabel, aliás, mesmo de forma inconsciente, proporcionar a Nenê um primeiro gesto de rebeldia. Certa noite, receberam a visita de um casal amigo de Julião. Tinham jantado com eles e, depois, sentados na sala, conversavam. Nenê, ao piano, tocava uma valsa qualquer. Julião tentava distrair os amigos, contando como fora obrigado a sacrificar um cavalo, a tiro, no dia anterior. Mas o piano o incomodava, obrigava-o a falar muito alto, impedia que o ouvissem direito. Em determinado momento, então, virando-se para a esposa, disse, irritado:

— Nenê, tenha a santa paciência! Pare com essa porcaria de música!

Ela deixou de tocar, de imediato, a expressão magoada por ter sido tratada daquela maneira diante de pessoas que mal acabara de conhecer. Isabel percebeu seu constrangimento, aproximou-se dela, tentou consolá-la, enquanto Julião voltava à sua história.

— Ele não gosta de nada do que eu faço — queixou-se Nenê. — Ele não gosta de mim.

— Meu irmão a adora.

— Foi um erro total.

Isabel não entendeu:

— O quê?

— Nosso casamento. Ele me detesta, tem raiva de mim.

— Impressão. Meu irmão é assim mesmo. Tem gênio, é rude às vezes, mas quer você muito bem.

Em determinado momento, a fim de presenciar uma das fanfarronices de Julião, que afirmava ser capaz de acertar um alvo em plena escuridão, os homens saíram da sala.

Isabel se virou para Nenê, dizendo, com um sorriso levemente malicioso:

— Agora você pode tocar aquela música que lhe ensinei. É o ritmo da moda.

— Qual?

— O maxixe.

Isabel fez um gesto de cabeça em direção às mulheres, que continuavam a conversar, num dos cantos da sala:

— Elas vão se assustar.

— Nem conhecem. Não sabem o que é.

— Gostei de aprender o maxixe. Deve ser bom para dançar.

— Eu sei dançar. Toque — pediu Isabel.

Nenê iniciou a música. As duas, animadas, olhavam-se, rindo.

— Dance — falou Nenê.

Isabel deu um suspiro:

— Quem me dera... Elas ficariam escandalizadas.

Nesse momento, Julião, que tinha vindo buscar munição para a espingarda, voltou à sala. Ficou parado no meio do cômodo, atônito com o que ouvia. Isabel, quando o viu, saiu correndo. Nenê, contudo, sem dar por sua presença, continuou a tocar. Ele se aproximou dela, impediu-a de continuar e perguntou, a voz cheia de raiva:

— Onde aprendeu isso? Essa música excomungada?

— Eu ouvi...

— Onde?

— Não me lembro... sei que ouvi... — respondeu ela, aflita.

— Vá para o quarto!

— Julião... não fiz por mal...

— Suba, anda. Sua debochada... imoral...

Sabendo o quanto era inútil continuar argumentando, ela obedeceu. A mãe de Julião, preocupada, veio até ele e perguntou:

— O que foi?

Ele não escondeu sua revolta:

— Só prostituta conhece maxixe! Entrei aqui e ela me pareceu uma, tocando essa música que só se ouve nos bordéis!

— Que horror! Onde será que ela aprendeu? — exclamou a mãe, um nítido escândalo nos olhos.

No quarto, numa ânsia, Nenê aguardava que as visitas se fossem, o marido subisse. Sabia que ele faria uma cena, tinha medo de que isso acontecesse, mas como evitar aquela espécie de penitência pela qual devia passar? O ouvido colado à porta, ouviu vozes de despedida, a porta da frente se fechar, o ruído de uma charrete a se afastar. Vestiu uma camisola, abriu a porta da pequena varanda do quarto, deitou-se.

Na sala, agora deserta, Julião apagava as lâmpadas de gás, preparando-se para subir. Em determinado momento, ouviu um grito. Era Nenê. Subindo as escadas, aos saltos, correu para o quarto e abriu a porta.

— Nenê! O que foi?

Sentada na cama, o ar apavorado, ela apontou para a varanda:

— Ali... na varanda... um homem... fugiu!

Julião foi até a varanda, examinou tudo.

— Que homem? — perguntou.

— Não sei. Entrou aqui... eu estava deitada... ele tentou... tentou me agarrar!

Julião se voltou para ela, assustado:

— Agarrar?

— É... tentou me violentar!

Ele sentou na cama, pegou-a pelos braços, perguntou, numa agonia:

— Quem?! Quem era?!

— Não sei. Não conheço. Um homem, jovem ainda... mas não conheço. Rasgou minha camisola. Veja.

Mostrou-lhe a camisola, rasgada na parte de baixo. Julião voltou a perguntar:

— Ele fez alguma coisa?

— Não. Eu comecei a gritar, ele fugiu, pulando para o jardim.

— Será possível?! — exclamou ele, erguendo-se, fechando a porta da varanda e saindo.

Nenê, um leve sorriso nos lábios, levantou-se e pôs-se a escolher outra camisola, na gaveta da cômoda. Quem poderia culpá-la pela maneira como tinha evitado o castigo, as recriminações do marido? Aliás, fazer aquele jogo estava lhe trazendo imenso prazer, um prazer muito maior do que poderia imaginar. Por que, então, não continuar, tirar dele tudo o que pudesse ainda oferecer? Pegou uma camisola de gaze, transparente, muito mais excitante, bem diferente da anterior, vestiu-a. Ficou ali, de pé, ao lado da cômoda, esperando que ele voltasse. Não demorou muito, Julião abriu a porta e entrou.

— Falei com os empregados, reviramos o jardim, ninguém viu nem ouviu nada. Você deve ter sonhado. Foi um pesadelo.

— Você prefere que seja um pesadelo, eu sei. É mais cômodo, não é? — retrucou ela, a voz sentida.

Vestindo o pijama, nervoso, ele disse:

— Não prefiro nada. Só não entendo como alguém possa ter entrado aqui. Sim, claro, tem a varanda, mas mesmo assim... Bom, vejo isso depois.

Só nesse momento reparou na camisola que ela vestia e perguntou:

— Mudou a roupa?

— É, no meu pesadelo, o homem rasgou a outra camisola.

Havia nítida ironia em sua voz. Ela, depois disso, deitou-se na cama de costas para ele. Julião fez o mesmo. Olhou para ela. Por sob a camisola, podia ver os contornos de seu corpo, as pernas, que o tecido, erguido, deixava à mostra, por inteiro. Estendeu a mão, puxou a camisola para baixo, cobrindo-lhe as pernas, recostou a cabeça no travesseiro. De súbito, Nenê se voltou, abraçou-o, murmurando:

— Te quero tanto!

Ele permaneceu impassível, enquanto ela voltava a murmurar:

— Eu quero você!

— Deixe de criancice, vá.

— Eu quero você, eu quero!

Ele se libertou de seus braços, sentou-se na cama e perguntou:

— Que jeito é esse agora?

E ela, dominada pelo mesmo ímpeto de antes:

— Jeito? Que jeito, Julião?! Estou dizendo que quero você.

Ele foi brutal:

— Uma mulher que toca maxixe e não tem vergonha de aparecer para o marido com uma camisola indecente... que sonha que um homem entrou no quarto para violentá-la... está com fortes tendências para entrar para um bordel.

— Julião!

— Olha aqui, Nenê... não nasci ontem. A mim você não engana. Toma jeito, ouviu? Toma jeito!

— Só queria lhe agradar... — murmurou ela, humilhada, arrasada pela reação de uma violência que não podia prever.

— Vista uma coisa decente. Não gosto de mulher que se oferece. Anda, resolve.

A voz trêmula, a ponto de chorar, ela implorou:

— Visto a roupa mais decente que tenho... mas fique comigo, por favor... eu... eu quero você.

Julião se ergueu:

— Desculpe, Nenê... mas você estragou tudo. Olha, desculpe, mas... não tenho estômago. Não tenho mesmo. Vou... vou tomar ar.

Saiu, enquanto ela, já sem se conter, deixava-se ficar na cama, chorando.

*

— E não voltou? — perguntou Isabel. Estavam no quarto de Nenê, na manhã seguinte, ela escovando os cabelos, sentada à penteadeira, Isabel a seu lado. Contar tudo o que lhe acontecia à cunhada era uma espécie de ritual, e agora Nenê não estava fazendo mais do que cumpri-lo.

— Voltou, sim. Meia hora depois.

— E então? Abraçou você, beijou e... e tudo o mais?

— Não devia me fazer essa pergunta — falou Nenê, chocada com a excessiva curiosidade da cunhada.

— Fala, boba. Eu sei tudo sobre o amor. Vamos, conta. Ele a procurou, com amor?

— Procurou, claro... E eu, como todas as noites..., deixei.

— Foi bom pra você?

— Como todas as noites, eu me controlei.

— Controlou, Nenê?! Por quê? — exclamou Isabel, espantada.

— Porque tenho medo, tenho vergonha dele. Eu queria gritar, mas o grito morre no meu ventre todas as noites.

— Fale francamente com ele.

— Não, não. E esqueça o que lhe disse. Deixe as coisas como estão, ouviu? Se disser uma palavra sobre isso a alguém, não falo mais com você.

— Você é uma tonta. Se fosse eu...

Nenê se ergueu:

— Eu o amo demais, o prazer dele me satisfaz. Que importa o resto? Eu o amo, é o bastante. Quero ele bom para mim, isso me basta. Vamos descer para tomar café.

Nenê se encaminhou para a saída, Isabel segurou-a pelo braço, retendo-a:

— Escuta... o homem que entrou no seu quarto... foi verdade mesmo?

Com um sorriso que Isabel não soube entender, Nenê respondeu:

— Claro que foi.

Depois, deu-lhe as costas e saiu.

*

— Nenê tem uma cabeça oca! Cismou que um homem entrou no nosso quarto só para me provocar, me irritar. Anda com essa mania agora, inventar coisas. Não vou dar a mínima importância.

— Só não entendo por quê.

Julião deu de ombros:

— Mulher é bicho complicado. Principalmente uma mulher atrasada e infantil como Nenê.

— Julião! — exclamou Isabel, aflita.

Ele se voltou:

— Ah, vocês estavam aí? Nenê... Artur vai almoçar com a gente.

O sujeito foi até ela, beijou-lhe a mão.

— Bom dia, dona Nenê.

— Bom dia, seu Artur — respondeu ela, engolindo um soluço, pois tinha ouvido muito bem as palavras pouco lisonjeiras do marido.

— Estava contando a aventura desta noite — falou ele com ironia. — Perguntei ao Artur se não foi ele quem voltou e subiu até o nosso quarto, para fazer uma brincadeira com você.

— Brincadeira? — repetiu ela, chocada com a maldosa ironia de suas palavras.

Já agora caçoando abertamente, rindo, ele continuou:

— Claro que não estou falando sério... porque sou capaz de dar um tiro nos fundilhos de qualquer pilantra que tente entrar nesta casa, às escondidas, para perturbar a santa paz da minha mulher. Imagine você, Artur, com um tiro de chumbo nos fundilhos! — Fez uma pequena pausa e depois, com fingida seriedade: — Agora estou pensando... será que tiro de chumbo pega em fantasma?

Nenê, sem suportar mais ser objeto de tais pilhérias, deu-lhe as costas e subiu as escadas correndo para o quarto.

— Você humilhou Nenê — comentou Isabel.

Ele retrucou, duro:

— Isso é pra ela parar de inventar moda!

UMA VIAGEM AO RIO OU O INÍCIO DO MISTÉRIO

Aquelas duas rebeldias de Nenê (tocar maxixe e provocar sexualmente Julião) não teriam tido importância alguma, ficariam perdidas em meio a centenas de outros gestos insignificantes, se não tivessem, de certa forma, marcado o início do envolvimento de Nenê em coisas estranhas, misteriosas, cujo entendimento lhe seria difícil, penoso.

Naquele mesmo dia, logo depois do almoço, chegou uma carta para Nenê. Um empregado a entregou a Julião, que, curioso, leu o nome do remetente.

— Hum... Rio de Janeiro... Chapelaria Madame Souza... para Ernestina Vilaça.

Ele descansava na sala de estar, Isabel e tia Anita fazendo-lhe companhia.

— Chapelaria Madame Souza? Deve ser a resposta! — exclamou tia Anita.

— Resposta do quê? — perguntou ele.

— Do concurso de charadas. Ajudei Nenê a decifrar a charada. Era difícil. “A ocupação da filha de Ínaco era coisa oculta. Duas e uma.”

— E qual era a resposta? — indagou Isabel.

— Mistério... era a resposta.

— Nenê deu agora para se meter em concursos baratos?

— comentou Julião, não muito satisfeito.

Isabel explicou:

— Ela não se meteu em nada. Recebeu dessa chapelaria do Rio um convite para participar do concurso. Eu mesma a animei a aceitar. Se ganhar, ela receberá um lindo chapéu como prêmio.

— Quem sabe se ganhou? — perguntou tia Anita.

— Posso levar a carta para ela, mano?

Julião deu a carta para Isabel, que saiu à cata de Nenê. Ele se virou para a tia, intrigado:

— Mandaram o convite para participar do tal concurso?

— Foi. Eu vi a proposta.

— No nome dela?

— Justamente. Ernestina Vilaça, neste endereço.

Ele insistiu:

— Mas como alguém de uma chapelaria do Rio de Janeiro podia adivinhar que ela existia?

— Ora, ela é sua mulher. Você é um homem de dinheiro, negociante de gado, está sempre no Rio. Foi por seu nome, Julião.

Ele não disse nada, recostou-se melhor na cadeira. Era evidente, porém, que não estava de todo convencido. Tudo aquilo lhe parecia muito estranho, esquisito.

Para Nenê é que não havia nada de estranho. Havia, sim, uma agradável surpresa. Assim que abriu o envelope trazido por Isabel, exclamou, contente:

— Ganhei! Primeiro lugar no concurso! Fui contemplada! Ganhei um lindo chapéu!

Isabel abraçou-a, sorrindo:

— Que sorte! Parabéns!

A alegria desapareceu subitamente do rosto de Nenê:

— Só que... nunca vou poder receber o prêmio.

Isabel não entendeu:

— Ora essa, por quê?

— Porque é preciso ir ao Rio de Janeiro buscá-lo. Aqui tem o endereço. Fica na rua do Ouvidor, 82.

— Mas você pode ir ao Rio de Janeiro para receber!

— Nunca que Julião vai deixar.

— Eu acompanho você — insistiu Isabel.

— Ele não vai consentir.

— Falo com ele, peço, imploro, me humilho! — falou Isabel, veemente.

Nenê encarou-a, surpresa:

— Você? Mas por que tanto interesse?

— Tenho que ir ao Rio, de qualquer jeito.

— Algum motivo especial?

Isabel sorriu:

— Segredo. Depois eu conto. Vou falar com aquele brutamontes do meu irmão. Reze para ele deixar.

Isabel pegou a carta das mãos de Nenê, que fez uma figa com os dedos:

— Faço até uma promessa para Santo Antônio.

Isabel saiu, enquanto Nenê, feliz, sorria, repetindo a charada:

— "A ocupação da filha de Ínaco era coisa oculta. Duas e uma."

O que Nenê não podia adivinhar era o quanto as coisas seriam fáceis: Julião permitiu que ela viajasse em companhia de Isabel, hospedando-se, no Rio, em casa da outra irmã de Alceu, Eulália. Três dias depois, levadas por dona Alzira e tia Anita, as duas embarcavam, na pequenina e modesta estação, no trem que as levaria à capital. Acomodadas no vagão de primeira classe, sentiam-se excitadas como crianças: Isabel com as faces coradas, muito afogueada; Nenê com uma leve ponta de decepção nos olhos. Vendo, pela janela, a estação se afastar, comentou, triste:

— Ele não apareceu para se despedir de mim.

— E você esperava que aparecesse?

Nenê fez que sim com a cabeça. Era a primeira vez que se separavam depois de casados. Será que Julião, não tendo vindo à estação, estava demonstrando que não sentiria sua ausência?

— Mas ele me disse que não ia ter tempo de nos trazer —

explicou Isabel. — Eu mesma falei que não precisava. O que importava era ele nos deixar vir sozinhas.

— Como você conseguiu tão fácil?

— Menti, dizendo que estava na hora de minha visita ao médico no Rio. Estou em tratamento, você sabe. Depois que tive bronquite, tenho de ir uma vez por mês ao médico que me tratou.

— Para quê? — perguntou Nenê, ingênua, enquanto Isabel, uma franca malícia na expressão, limitava-se a sorrir. — Que foi? — insistiu Nenê.

— Jura que não conta a ninguém?

Isabel, agora séria, encarou-a. Nenê respondeu:

— Claro que não conto.

— Eu e meu médico... estamos apaixonados.

Nenê não conteve a surpresa:

— Você e... oh, mas, Isabel! O dr. Cardoso? Aquele senhor?

— Aquele jovem senhor, diga antes.

— Casado!

— Separado...

— Isabel, que loucura.

— Concordo, mas uma loucura maravilhosa. Tudo aconteceu durante a minha doença. Ele estava visitando parentes aqui em Valença e me tratou. Foi quando nos apaixonamos. Fiquei seis meses doente.

— Quer dizer, ele deixou você ficar seis meses doente...

Isabel continuou, sorridente:

— Em parte. Não queria ficar boa, para não o perder de vista. Mas ele teve que voltar para o Rio, onde mora. O jeito que encontramos foi ele me examinar, uma vez por mês... para eu não ficar com asma.

— Que coragem, Isabel!

— Que grande amor, diga antes.

— Foi por isso que Julião consentiu...

— Foi.

— Foi ele quem lhe ensinou o maxixe? — voltou a perguntar Nenê.

— O maxixe e outros ritmos. No Rio, ele me leva a restaurantes onde tocam as músicas mais modernas. Mais alguma pergunta, senhora inquisidora?

Nenê fez um gesto negativo de cabeça, comentando:

— Já vi que no Rio vou segurar vela pra você.

— Nada disso, jovem senhora, porque, quando chegarmos lá, eu e você nos separamos. Cada uma por si, e Deus por nós duas, está bem?

Nenê encarou-a, espantada. Jamais poderia supor que aquela Isabel, audaciosa, atirada, fosse a mesma moça com quem convivia na fazenda. Parecia outra pessoa, livre, segura de si, como se quebrar os liames que a prendiam lhe trouxesse uma espécie qualquer de bem-aventurança.

— Embora tenhamos de nos hospedar na casa de tia Eulália — continuou Isabel. — Mas, pelo que sei, ela está viajando e em sua casa só estão os criados. Mas o que foi? Está triste?

— Não. Perplexa — respondeu Nenê.

— Pegou o endereço certo da chapelaria que lhe deu o prêmio?

— Sei de cor. Chapelaria Madame Souza, rua do Ouvidor, 82.

*

Nenê já conhecia o Rio. Estivera lá algumas vezes, em companhia do pai. Mas que diferença entre a cidade que revia agora e a do passado. Era então quase uma criança, mal pudera julgar o burburinho, a azáfama, a sofreguidão que parecia tomar as pessoas, a beleza que aquilo lhe trazia, a angústia por imaginar que, na fazenda, no interior, talvez estivesse perdendo o que de melhor a vida poderia lhe oferecer. Descendo a rua do Ouvidor, Isabel a seu lado, vinha-lhe a nítida impressão de que algo estranho, misterioso, aguardava por ela. Mas o quê? Não saberia dizer. Teve vontade de se abrir com Isabel; talvez, se falasse a respeito da sensação que a dominava, ela desaparecesse. Mas Isabel não parecia disposta a ouvir aquela espécie de coisa, envolvida pelo bulício da rua, o movimento das lojas, as vitrines bem cuidadas, os caixeiros, muito elegantes, à porta. Em determinado momento, Nenê parou, olhou para a fachada de uma das lojas e disse:

— É aqui.

Isabel se voltou, ambas olharam para a vitrine, viram uma mulher terminando de arrumá-la.

— Bem, então aqui também nos separamos, cunhada — retrucou Isabel, já agora olhando para o outro lado da rua, fazendo menção de atravessar.

— Isabel, tenho medo — falou Nenê, pegando-a pelo braço.

— Não seja boba. Vai dar tudo certo. Encontro você na casa de titia. Para todos os efeitos, estou no hospital, me tratando, hein?

— O que vai fazer?

— Não seja indiscreta, cunhada. — Isabel, sorriu, maliciosa.

Atravessou a rua, daí a pouco um homem se aproximou dela. Nenê reconheceu nele o dr. Cardoso. Isabel deu-lhe o braço, carinhosa, os dois começaram a se distanciar, descendo a Ouvidor em direção à Gonçalves Dias. Sozinha, Nenê olhou novamente para a loja. A mesma sensação de mistério, insegurança, tomou-a. Vacilou entre entrar ou ir embora. Mas vinha uma impressão tão calma de tudo, as vitrines arrumadas com bom gosto, os chapéus expostos, que ela resolveu deixar de lado aquelas tolices, abriu a porta, com gesto resoluto, e entrou. O interior da loja era calmo, aconchegante. Havia um pequeno balcão à direita, caixas abertas em cima dele, algumas freguesas, atendidas por duas caixeiras, experimentando chapéus. Atrás do mesmo balcão, a mulher que arrumava a vitrine. Assim que viu Nenê entrar, aproximou-se dela, sorrindo. Era alta, esbelta, muito elegante num vestido de musselina bege. Tinha os cabelos louros, em bandós, o que lhe realçava as linhas regulares do rosto, os olhos claros, límpidos. À sua aproximação, Nenê sentiu que perdia a segurança que a fizera entrar, estremecia.

— Em que posso servi-la? — perguntou a mulher, parada à sua frente.

— Ah... espere...

Atrapalhada, os gestos nervosos, tirou da bolsa a carta e estendeu-a à outra, dizendo:

— Eu... ganhei o concurso de charadas...

— Ah, sim, claro. Dona Ernestina Vilaça. Estávamos à sua espera — falou ela, o sorriso sem lhe desaparecer dos lábios, muito gentil.

— Estou tão nervosa...

— Percebo. Mas por quê? Imagine. Está de parabéns. É uma mulher muito inteligente — retrucou a outra e depois, sem que Nenê quase se apercebesse disso, tomou-a pela cintura, fê-la sentar-se numa poltrona, acomodou-se a seu lado.

— Resolveu a charada sozinha? — perguntou.

— Foi... isto é, tia Anita ajudou... um pouco. A maior parte, decifrei sozinha.

— Gosta de charadas?

— Muito. Charadas, palavras cruzadas... Sabe, não tenho muito que fazer na fazenda. Divirto-me com essas bobagens. Gosto muito de ler, mas meu marido não gosta que eu leia romances. Diz que já tenho a cabeça muito cheia de fantasias e que os romances só servem para alimentar meus sonhos fantásticos.

— É tão bom sonhar, não é mesmo?

— Passo a minha vida sonhando. É minha natureza, não posso mudar. Ele não compreende.

Depois de pequena pausa, a mulher perguntou:

— Seu marido... é Julião Vilaça, não é?

Nenê ficou intrigada:

— Conhece meu marido?

— Muito de nome.

— Como assim?

— É um homem conhecido na praça do Rio de Janeiro. Falam muito dos homens de negócios por aqui.

Fez menção de se erguer, num tom de voz agora profissional, e indagou:

— Não quer escolher seu chapéu? Pode escolher o que quiser. Quer vir comigo?

Antes que ela se erguesse, ainda intrigada com tudo aquilo, Nenê insistiu:

— Vou, mas... onde ouviu falar do meu marido?

— Tenho conhecimentos na alta sociedade. Seu marido é um nome conhecido na alta roda, já disse. Ah, desculpe, esqueci de me apresentar. Sou Cora de Freitas Barros. Quero ser sua amiga.

Estendeu ambas as mãos para Nenê, mantendo as dela presas entre as suas, num gesto de extrema bondade ou de uma espécie qualquer de amizade exagerada, repentina. No rosto, o mesmo sorriso de antes. Mas era dos olhos, de um verde muito fundo, estranho, que lhe vinha um ar indefinido, indecifrável. Estremecendo, nas mãos o contato exasperante da outra, Nenê sentiu que a impressão de mistério que a dominara exauria-se, ele estava ali, diante dela, aquela mulher sendo sua mais perfeita corporificação.

DE COMO A VERDADE PODE SER RELATIVA OU A VERSÃO DE ISABEL

O médico encarou Julião, dizendo:

— Dona Cora de Freitas Barros. Foi o nome que ela mencionou. A dona da Chapelaria Madame Souza.

Julião agitou-se na poltrona, nervoso.

— Pois essa mulher não existe, dr. Cortes. Não passa de fantasia de sua incrível imaginação. Foi aí que tudo começou.

— O senhor quer dizer que nada do que ela me contou é verdadeiro?

— Não, também não é assim. Até a chegada ao Rio, a ida à chapelaria, o concurso de charadas, tudo é real. Quando ela entrou na chapelaria é que as coisas começaram a mudar dentro de sua cabeça.

— A chapelaria existe?

— Claro, na rua do Ouvidor, 82. Mas dona Cora de Freitas Barros não é real.

O médico não desviara os olhos dele, intrigado. Afinal, onde estava a verdade? Com quem?

— Ela contou com muita convicção — falou.

— Admira-me que o senhor não saiba quando um doente está mentindo — retrucou Julião, ácido.

— Então... dona Cora não existe... mas e Isabel? Qual é a versão de Isabel? Dona Nenê me contou que ela não entrou na loja porque se encontrou com o namorado médico.

Nervoso, Julião voltou a retrucar:

— Calúnia, doutor, calúnia.

— O que aconteceu com Isabel?

— Ela mesma lhe dirá. Está aí fora, esperando. Eu a trouxe de propósito. O senhor quer falar com ela?

— Tenho o maior interesse.

Julião se ergueu, abriu a porta e saiu para o corredor à procura de Isabel. Ela estava parada, quase na entrada do pavilhão, de costas para ele, contemplando o jardim. Julião chamou, ela se voltou e caminhou em sua direção. Nesse momento, a porta interna do corredor se abriu, alguns doentes surgiram, Nenê entre eles. Quando viu Isabel, tentou correr para ela, mas foi contida por uma das enfermeiras. Isabel continuou a caminhar, como se não a visse, e passou por ela.

— Isabel! — chamou Nenê, sorrindo.

Julião avançou, tomou a irmã pelo braço, fê-la apressar os passos, enquanto Nenê, a voz agora triste, perguntava:

— Isabel, como vai o dr. Cardoso?

Os dois entraram na sala, Julião bateu a porta atrás de si. Isabel, sem se conter, deixou-se cair na poltrona, dominada por um choro convulso.

— Calma, Isabel, calma. O doutor só quer lhe fazer algumas perguntas — falou Julião.

Ela tentou dominar os soluços:

— Tenho pena... tanta pena dela...

— Todos nós temos pena de Nenê. Ela está em tratamento, mana.

O médico se voltou para Julião:

— Quer sair um momento?

Julião fez um leve gesto de assentimento com a cabeça, caminhou até a porta, saiu. Isabel controlou o choro, a cabeça baixa, enxugando as lágrimas com um pequeno lenço.

— Olhe para mim, dona Isabel, sem receio — pediu o médico.

Ela obedeceu.

— Mais calma?

Ela fez que sim, ele continuou:

— Muito bem. Dona Isabel, só quero que a senhora me responda com toda a honestidade. Pode confiar em mim. Quero saber o verdadeiro motivo que a obrigou a se afastar da chapelaria na primeira vez em que dona Nenê esteve lá. Ela me contou que, quando chegaram, dona Cora estava arrumando a vitrina. Chegou a ver dona Cora de Freitas? Enfim, meu interesse não é vasculhar sua vida. Só quero saber se essa mulher existe ou não existe.

Sem deixar de encará-lo, Isabel respondeu:

CAPÍTULO 2

— Não sei quem é dona Cora de Freitas. Não vi ninguém, nenhuma vendedora da chapelaria, porque não entrei. Não sei se havia uma mulher arrumando a vitrine, não reparei.

Sua voz era calma, segura, uma grande firmeza transparecendo em toda a fisionomia. Estaria mentindo, pensou o médico, ou Nenê é que os estava envolvendo, a todos, num atordoante quebra-cabeça?

— Havia alguém à sua espera, do outro lado da rua? — perguntou ele.

Ela pareceu surpresa:

— Alguém? Quem?

— Seu médico, o dr. Cardoso.

— Não! Que ideia! O dr. Cardoso só me atende no hospital. Por quê?

Agora não havia surpresa em sua voz, mas uma espécie de agressividade, a autodefesa de alguém que é acusado injustamente.

— Por... por nada — disse o médico, logo voltando a indagar: — Por que não entrou na loja com a sua cunhada?

— Porque ela não quis — e Isabel deu sua versão sobre a chegada das duas diante da loja. — Entramos na rua do Ouvidor, procurando pelo número da chapelaria. Nenê se mostrava satisfeita, muito segura de si, completamente diferente do que aparentava na fazenda, aliás, desde que saltamos do trem, ela estava assim. Quando demos com a loja, ela parou diante da entrada: "É aqui. Você pode ir embora". "Por que não posso entrar com você?", perguntei. "Porque não preciso de dama de companhia. Sou bastante crescida para me arrumar sozinha", ela retrucou. Insisti: "Meu irmão recomendou que não a deixasse só", mas ela disse: "Seu irmão sempre exagera. Acha que sou infantil. Pois vou mostrar a ele que já sou uma mulher. Vá... vá para a casa de tia Eulália e me espere lá. Só vou escolher um chapéu, não demoro". Reforcei que isso podia dar complicação, mas ela apenas falou: "Ande... vá...". — Isabel fez uma pequena pausa, sempre encarando o médico, e completou: — Não me restava outra coisa senão fazer o que ela queria. Dei-lhe as costas, desci a Ouvidor, tomei um táxi e fui para a casa de tia Eulália. Não soube o que aconteceu com minha cunhada na chapelaria.

— Ela não voltou para a casa de dona Eulália?

— Voltou. Tarde. Para jantar. E não disse sequer uma palavra sobre o que lhe acontecera na loja.

— A senhorita e seu médico... — começou ele a dizer, com jeito, mas ela o interrompeu, cheia de prevenção.

— O que é que tem?

— Qual o tipo de amizade que os une?

— Mantenho pelo dr. Cardoso o máximo de respeito.

Ele insistiu:

— Dona Nenê insinuou que existe um... como posso dizer... digamos que ela deu a entender que existe algo mais do que amizade entre a senhorita e seu médico particular.

Ela quase gritou, francamente chocada:

— Algo mais?! O dr. Cardoso e eu?! Que barbaridade! O dr. Cardoso é um senhor, tem a idade do meu pai! É um homem casado! Nunca me passou pela cabeça qualquer ideia de... Eu sou uma moça de família!

— Por favor, não se impressione com o que eu disse. Só repeti as palavras de dona Nenê.

Isabel continuou, veemente:

— Nenê mentiu, dr. Cortes! Mentiu! Venho todos os meses fazer meu tratamento para asma no hospital do dr. Cardoso. Estou sempre acompanhada. Ele me trata com o devido respeito.

— Esqueça o que eu disse, por favor. Só perguntei. Não tive nenhuma intenção de ofendê-la.

— Estou assustada com as mentiras de Nenê.

— Não há motivo, pode crer.

Calaram-se. Ela agora se mostrava constrangida, nervosa.

O médico tinha a certeza de que, logo, se ergueria e pediria para ir embora. Mas havia algo muito importante ainda a esclarecer. Por isso, sem nenhuma preparação, de súbito, perguntou:

— Gosta de música?

— Muito.

— Das modernas? Qual prefere? O maxixe, que está escandalizando a sociedade, ou a polca, a valsa? Talvez prefira mesmo o maxixe.

— Nunca tinha ouvido essa música nova, a não ser uma vez, tocada no piano por Nenê.

— E quem ensinou a dona Nenê o novo ritmo?

Ela se colocou na defensiva:

— Não sei. Por quê? Acha que fui eu?

— Absolutamente. Só perguntei porque pensei que ela lhe tivesse feito alguma confidência.

Isabel se ergueu:

— Pois não fez. Posso ir embora?

— Mas lógico. Agradeço por ter vindo.

A VERDADE DE NENÊ

Da janela da sala do médico, Nenê viu quando Isabel e Julião cruzaram o jardim e saíram do sanatório. Virou-se para ele:

— O que Isabel veio fazer aqui?

— Falar comigo.

— O quê?

— Nada, não se preocupe. Agora quero ouvir o que a senhora ainda tem para me contar.

Fez um gesto para que ela sentasse.

— Isabel confessou que é amante do dr. Cardoso? — indagou ela, acomodando-se na poltrona.

— Não. Ela não disse nada disso.

— Claro, não quer que a família saiba.

O médico sorriu; Nenê demonstrava a mesma firmeza, a mesma segurança demonstrada por Isabel, fazendo com que aquela espécie de jogo se adensasse mais ainda.

— Quem era dona Cora de Freitas?

— Uma das sócias da loja. Tratou-me muito bem e levou-me para escolher o chapéu do prêmio.

*

Nenê, diante do espelho, experimentava alguns chapéus. Cora, a seu lado, ajudava.

— Este não ficou bem — disse Cora.

Abriu mais duas ou três caixas, ficou em dúvida sobre qual escolher e finalmente resolveu-se:

— Ah... este aqui... vamos ver como fica...

Colocou, gentil, o chapéu em Nenê e olhou para a imagem refletida no espelho à sua frente:

— É bem o seu gênero: romântico, suave. Então? Gostou?

— Gosto muito. Só que...

Cora a interrompeu, sorrindo.

— Eu sei. A fita vermelha não combina com você. Aconselho a mudar a cor. Uma fita azul vai ficar melhor. Vermelho é muito forte para uma mulher delicada como você.

— Dá tempo de mudar?

— Vai demorar uma hora, mais ou menos. Enquanto isso, podemos fazer um lanche na Colombo. Você aceita?

— Claro.

Cora chamou uma das caixeiras, pediu que ela levasse o chapéu para a oficina, explicou o que devia ser feito. Depois, pegando Nenê pelo braço, conduziu-a para a rua. A Colombo ficava perto, e logo Nenê se viu dentro da confeitaria. Estava repleta àquela hora, a maioria das mesas ocupadas, homens, casais a conversar, senhoras com filhos. À esquerda de quem entrava, um piano, um homem tocando uma valsa. As duas se acomodaram numa mesa próxima ao pianista. Nenê, de início um pouco espantada com a feérica animação do ambiente, logo se deixou contagiar e agora com alegria intensa olhava para tudo, como se não quisesse perder nenhum detalhe do que se passava à sua volta. Cora percebeu sua excitação:

— Está gostando daqui?

— Muito. É lindo. Nunca estive num lugar assim.

— É a primeira vez que vem ao Rio?

— Não, mas nunca entrei numa confeitaria de luxo. Meu marido nunca me levou a um lugar tão bonito.

Olhando-a fixamente, a voz firme, Cora falou:

— Mas ele gosta muito de lugares bonitos.

— Como sabe? — surpreendeu-se Nenê.

Cora desviou os olhos e respondeu, de maneira vaga:

— Ora... me disseram.

Nenê, porém, não estava disposta a desistir:

— Quem?

— Alguém que conhece muito seu marido... conhece a fundo.

— Quem conhece meu marido dessa maneira?

O espanto, agora, tomava-a de maneira tão intensa que se assemelhava a uma forma qualquer de sofreguidão. Cora, no entanto, parecia querer aguçar sua curiosidade ou, talvez, exercitar sobre ela uma parcela de sadismo, pois, em vez de responder, chamou o garçom. Examinando o cardápio, perguntou:

— Toma chá com docinhos? Ou prefere outra coisa? Queijo... vinho do Porto...

— Chá com doces.

Cora devolveu o cardápio:

— Para mim também. Doces bem variados.

O garçom se afastou. Cora seguiu-o com os olhos por um instante. Depois, pôs-se a olhar na direção do pianista. Nenê, atormentada pela curiosidade, não perdia nenhum de seus gestos. Por que não lhe respondia? Por que fugia daquela maneira?

— Não respondeu minha pergunta — falou, por fim.

Sempre evitando-a com os olhos, Cora disse:

— Gosta de música?

— Gosto. Sou pianista.

— Ah, não me diga. Que surpresa. Quero ouvi-la tocar.

Nenê se espantou:

— Agora? Aqui?

— Por que não? Conheço o pianista, é meu amigo. Vou falar com ele.

— Não... por favor, não... — Nenê tentou impedi-la. Porém a outra, de maneira gentil, mas firme, ergueu-se e dirigiu-se ao sujeito. Conversou com ele por um instante, apontando Nenê com um gesto de cabeça. Ele sorriu, fez que sim. Cora voltou e sentou-se, enquanto Nenê, nervosa, dizia:

— Nunca toquei assim, em público... tenho vergonha...

Cora sorriu, encorajou-a:

— Uma moça tão bonita precisa ser mais atirada. Você parece uma gatinha amedrontada que afastaram da casa onde vivia e colocaram num lugar estranho. Já viu como fica um gato quando o tiram de seu ambiente? Pois é assim que você está, acuada, assustada. Relaxe, meu bem, não tenha medo de nada.

Com um gesto carinhoso, estendeu a mão sobre a mesa e pegou a de Nenê.

— Você está gelada — comentou. — Por quê?

O garçom voltou, serviu-as. Nenê esperou que ele se afastasse e respondeu, uma tortura na voz:

— Tenho medo... estou sempre com medo... minha impressão é a de que estou sempre fazendo alguma coisa errada...

— O que há de errado em estarmos aqui, tomando chá com doces?

— Se meu marido entrar por aquela porta de repente, vai brigar comigo.

— Seu marido parece ser um carrasco. Não é feliz com ele?

— Não disse isso. Ele é bom para mim.

— Mas domina você, a ponto de deixá-la com sentimento de culpa, como se estivesse sempre fazendo alguma coisa feia.

— E... é verdade. Tenho medo dele.

— Por que acha que ele pode aparecer de repente para acusá-la?

O nervosismo de Nenê aumentou:

— Ele pode aparecer. Nunca sei o que Julião vai fazer, ele não me diz nada. Pode ter cismado e vindo ao Rio, sem eu saber.

No auge da insegurança, ergueu-se, fez menção de sair:

— Acho melhor eu ir embora...

Cora conseguiu que ela sentasse novamente, acalmou-a:

— Que bobagem... não há perigo... seu marido não a perseguirá até o Rio.

— Como sabe?

De maneira misteriosa, Cora respondeu:

— Alguém... que o conhece bem... sabe que ele está, no momento, preso a negócios, na fazenda.

— Quem é essa pessoa?

Em vez de responder, Cora retrucou, muito meiga:

— Tome seu chá tranquilamente.

BERNARDA DE SÁ OU UMA CHOCANTE REVELAÇÃO

Nenê se ergueu, deu alguns passos pela sala e disse, sem olhar para o médico:

— Percebi claramente que ela insistia em mencionar uma terceira pessoa, alguém que conhecia bem meu marido. Mas, quando eu perguntava quem era, Cora sempre desviava o assunto.

— Quando ela revelou quem era essa terceira pessoa?

— Durante o lanche, na Colombo. Começou primeiro fazendo perguntas muito íntimas sobre a minha vida particular com Julião.

*

Nenê abaixou os olhos, chocada, balbuciando:

— Não entendi sua pergunta...

Com a voz firme, sem nenhum resquício de arrependimento, Cora insistiu:

— Fui clara, não tenha vergonha de responder. Somos mulheres, sou mais velha do que você, tenho mais experiência. Fiz uma pergunta simples, de mulher para mulher.

Os olhos sempre baixos, chocada como antes, Nenê voltou a balbuciar:

— Não sei responder...

— Fale com simplicidade... Sente prazer quando faz sexo com seu marido?

Depois de leve pausa, Nenê disse, num fio de voz:

— Não, não... nunca...

Cora insistiu:

— Por quê? Vergonha? Medo? Ele não deixa, não se preocupa com você? Só pensa nele, em se satisfazer?

— Acho... acho que sim...

Nenê se sentia atormentada. Tinha se deixado enredar por aquela estranha e agora estava ali, confessando coisas de uma intimidade que nunca deveria ser quebrada, menos ainda daquela maneira, quase pública, na mesa de uma confeitaria. Como se tinha deixado envolver a tal ponto? Que interesse poderia ter aquela mulher em revolver a sua vida íntima?

— Por que me faz esse tipo de pergunta?

Sem ligar para ela, como se não a tivesse ouvido, Cora prosseguiu:

— Conheceu outro homem... na cama?

— Não! Eu amo meu marido! — respondeu Nenê, quase num grito.

Cora sorriu:

— Mas sabe que ele não a ama. Não adivinha por quê? Porque não pode esquecer outra mulher. Seu marido foi o grande amante de minha melhor amiga.

Se Nenê, até ali, sentira-se atormentada, aquela revelação, feita assim, de maneira tão brusca, arrasou-a. Então fora por aquilo que Cora dera tantas voltas, retardara tanto suas respostas? Olhou para ela. Continuava a sorrir, muito segura de si, calma, na fisionomia a placidez de um torturador. E se não quisesse nada a não ser isto, o desejo de torturá-la acima de tudo, a própria verdade em segundo plano? Só havia uma maneira de saber, prosseguir com aquele jogo tornando-se agora muito mais que um tormento: uma iniludível necessidade. Por isso, sem deixar de encará-la, Nenê perguntou:

— Quem?

— Bernarda de Sá, minha amiga mais íntima, uma verdadeira irmã. Nutriu grande paixão por Julião Vilaça, até há bem pouco tempo. Mesmo casado com você, ele vinha constantemente ao Rio para vê-la. Foram amantes durante cinco anos, até que ele se casou com você e a deixou. Depois voltaram. Ela o amava demais e o aceitou com todas as suas desculpas esfarrapadas e mentirosas. Pobre Bernarda... tem sofrido muito por causa dele...

— Ainda são... amantes?

— Creio que não. Sei que há seis meses mais ou menos ele a deixou definitivamente.

Nenê se revoltou:

— Julião?! Meu marido?! Tem certeza de que é ele?! Com essa sua amiga Bernarda?!

— Claro que tenho certeza!

— Não pode ser... Julião nunca faria uma coisa dessa... ter outra mulher... casado comigo!

— Você não conhece bem seu marido. Ele foi um grande amante para Bernarda. Viveram um intenso e grande amor. Entre os dois não havia segredos para o sexo. Vou lhe dizer mais... ambos, pelo que sei... pelo que Bernarda me conta... eram até depravados...

— Não acredito, não pode ser... Julião seria incapaz... Não posso imaginar Julião esse amante tão... tão fogoso... tão completo... com outra mulher...

— Você pode conversar com Bernarda. Eu a levo até ela. Ela lhe dirá, pessoalmente, tudo sobre o seu marido. Ela o conhece melhor do que ninguém...

Nenê vacilou. Uma coisa era fazer acusações, crucificar alguém de maneira gratuita, leviana. Outra, porém, era oferecer provas, comprometer-se, envolver pessoas, sem nenhum resquício de medo, à semelhança da segurança demonstrada por Cora. O que fazer? Aceitar o convite para conhecer a outra era o mesmo que aceitar a face de um novo Julião, cruel, desprezível. Não aceitar era passar a viver, dali em diante, um infindável, constante tormento. Mas ela se sentia tão sem forças... tudo aquilo era novo demais para ela... Limitou-se a dizer, a voz lassa, cansada:

— Não quero conhecer essa mulher... quero ir embora...

Nesse momento o pianista se aproximou com um sorriso:

— Dona Cora, o piano está às ordens para sua amiga.

Era jovem, o rosto simpático, o bigodinho preto, os cabelos muito lisos, divididos ao meio por uma risca, penteados para trás.

Cora se virou para Nenê, alegre:

— Que bom. Toque alguma coisa para ouvirmos.

— Não, não quero. Hoje não.

Cora se dirigiu então ao pianista:

— Sampaio, não repare. Minha amiga Nenê é muito tímida. Chegou do interior hoje e tem receio de nós, da capital...

Havia um desprezo tão indisfarçável na voz de Cora que Nenê resolveu enfrentá-la. Ingênua, não lhe passou pela cabeça que era exatamente aquilo o que a outra pretendia: espicaçá-la, obrigá-la a reagir e depois prendê-la, sendo o mínimo que poderia desejar dela.

— Não sou tímida. Não tenho receio de nada — disse.

— Ótimo. Então toque para nós — insistiu Cora.

Num rompante, como se Cora, o pianista, os outros fregueses, todos os que estavam ali, enfim, precisassem ser enfrentados, Nenê se ergueu e foi até o piano. Cora e o pianista seguiram-na, postaram-se a seu lado. Nenê começou a tocar um maxixe.

— Bravo! Ótimo! O ritmo da moda! — exclamou o pianista, enquanto Cora, rindo e batendo palmas, dizia:

— Quem diria! Como toca bem o maxixe!

À medida que a música tomava a sala, houve quem aplaudisse, outros se sentiam chocados, algumas senhoras saíram, levando os filhos. Sampaio e Cora incentivavam Nenê, e ela, no início tocando por revolta, com falsa alegria, acabou, por fim, deixando-se contagiar, como uma criança empolgada pela aventura em que se metera.

Aquela espécie de contentamento, porém, durou apenas o tempo equivalente à travessura, pois já na rua, de volta à loja, Nenê tornou a se deixar tomar pela angústia, de novo deprimida, acuada. Cora, ao contrário, se mostrava exultante:

— Você brilhou tocando o maxixe.

Seu tom alegre ofendeu Nenê:

— Não sou a caipira atrasada que imagina.

O sorriso desapareceu dos lábios de Cora:

— Não quis dizer isso. Desculpe-me se a ofendi. Falei em Bernarda só para ajudá-la.

Nenê não pôde conter sua revolta:

— Ajudar?! Saber que meu marido me traiu, que ama outra mulher, é ajudar?!

Cora não se deixou perturbar:

— Ajudar a conquistá-lo. Ele deixou Bernarda para se casar com você, mas não a ama. Você pode saber tudo sobre ele, através de Bernarda, fazer com que ele seja para você o que foi para ela, um grande amante.

Nenê ainda não tinha pensado naquilo. Era algo novo, desconcertante, oferecia-lhe perspectivas insuspeitadas, mas era, ao mesmo tempo, humilhante demais, tornava-se difícil para ela imaginar-se conquistando o marido através de sua própria amante. O absurdo daquilo tomava-a por inteiro.

— Não vou aceitar conselhos da amante do meu marido.

Cora permaneceu imperturbável:

— Pelo que me contou, parece que vivem como dois estranhos. Mas você pode conseguir milagres. Seria melhor dominá-lo em vez de viver sempre dominada.

Nenê correu os olhos à volta de si. Havia muita gente na rua, mulheres, casais de braços dados. Um deles parecia particularmente feliz, parado diante de uma das vitrines, muito juntos, a mulher sorrindo, a cabeça pendida, quase a tocar o ombro do parceiro. Não devia ser muito mais velha do que ela, pensou Nenê. Mas que mundo imenso as separava, a outra a ostentar, em público, quase com despudor, uma felicidade que a inebriava, engrandecia, enquanto ela, Nenê, se deixava levar pela dúvida, o desencanto a envolvê-la, a marcar, indelével, todo o seu futuro.

Desviou os olhos do casal, pensou no que Cora tinha acabado de dizer, na cínica lógica contida em suas palavras. Ainda vacilava, insegura. Valer-se do que Bernarda pudesse ensinar-lhe parecia um absurdo, diabólico usufruto. A curiosidade, porém, de saber quem era aquela mulher, o ciúme por imaginá-la, talvez compartilhando com o que de melhor possuía Julião, começava a espicaçá-la, era algo do qual, sabia, não mais poderia fugir. Voltou-se para Cora:

— Quem é essa Bernarda?

— Uma mulher maravilhosa, que vivia bem com o marido e dois filhos, há cinco anos. Até que conheceu Julião, e nasceu entre os dois uma paixão violenta. Foi envolvida de tal maneira que deixou o marido e os filhos para viver com ele. Quatro anos depois, ele a deixou para se casar. Foi um choque para Bernarda. Ele voltou no mês seguinte, e ela o perdoou. Julião não se sentia feliz, não amava a esposa. Casou, segundo disse, por problemas de família.

Nenê exclamou:

— Pelo meu dinheiro! Serviu-se do meu dinheiro para pagar suas dívidas e iniciar novos negócios!

— Justamente. Porém, há seis meses, deixou Bernarda definitivamente, e ela sabe que ele não vai voltar. Segundo Bernarda, ele resolveu ser puritano, moralista e chefe de família.

— Foi Bernarda quem a convenceu a me trazer até aqui?

Cora assentiu:

— Confesso que Bernarda queria conhecê-la.

Nenê concluiu:

— Então o concurso de charadas, o prêmio... foi tudo... uma desculpa... um pretexto?

— Bernarda pediu minha ajuda. Eu lhe enviei a charada para atraí-la.

Pararam diante da loja, Nenê sorriu, triste:

— Caí como um patinho...

— Ela não quer prejudicá-la. É mulher e está solidária com você. — E depois de uma pequena pausa: — Quer vê-la?

Nenê, revoltada por se saber iludida, um objeto nas mãos de uma mulher que nem sequer conhecia, quase gritou:

— Não! Mil vezes não! Quero ir para a minha casa!

— Venha então pegar seu chapéu.

— Não, não precisa.

— Mando levá-la até sua casa em meu carro — insistiu Cora.

— Obrigada, eu me arrumo. Adeus.

Nenê deu-lhe as costas, afastou-se, perdeu-se por entre os transeuntes.

UM POUCO DE INFIDELIDADE OU OS MALEFÍCIOS DA DÚVIDA

Quando Nenê entrou na casa de tia Eulália, um sobrado na rua São Clemente, Isabel esperava por ela na sala, preocupada.

— Você demorou.

Nenê deixou-se cair no sofá, um soluço apertado na garganta. Isabel notou-lhe o ar tenso:

— E o chapéu do prêmio? Não recebeu?

A resposta de Nenê foi cortante, quase um desabafo, incompreensível para Isabel:

— Não tem chapéu, não tem prêmio, não tem nada.

Isabel se espantou:

— Como assim, Nenê? Não entregaram o prêmio?

— Entregaram, mas eu não quis receber.

Isabel se espantou mais ainda:

— Por quê?

Erguendo-se, em prantos, Nenê correu para o quarto, enquanto Isabel, aturdida, gritava:

— Nenê! O que aconteceu?

De nada adiantaram as tentativas de Isabel para entrar no quarto, conversar com a cunhada, descobrir o que estava havendo, pois Nenê trancara a porta por dentro, recusava-se a abrir. Isabel, imaginando que dar a ela tempo para se acalmar talvez fosse uma solução, jantou sozinha e depois foi bater novamente à porta de Nenê. Continuava trancada como antes, nenhum ruído vindo de dentro do cômodo. Já agora dominada por franco temor (Nenê podia estar doente, ter sofrido algum mal súbito), Isabel resolveu lançar mão de um subterfúgio. Em voz alta ameaçou passar um telegrama para Julião, pedindo que viesse buscá-la, caso ela teimasse em continuar trancada. Passaram-se alguns segundos, a chave girou na fechadura, a porta se abriu, e Isabel entrou:

— Ora, Nenê, isso tem cabimento? O que você tem?

Nenê deixou-se cair na cama:

— Estou indisposta.

— Não jantou. Vou ver um chá para você.

— Não quero nada. Fique aí e não faça perguntas.

Isabel se aproximou da cama:

— Estou assustada. Tem que me contar o que aconteceu.

Nenê deu de ombros, fingindo despreocupação:

— Estou aqui, não estou? Então nada aconteceu. Conte o que você fez esta tarde.

Imaginando que aquilo pudesse distraí-la, mas, acima de tudo, desejando compartilhar algo que lhe fora inebriante, Isabel disse, entusiasmada:

— Ah, foi maravilhoso! Maurício me levou para ver uma fita de cinema.

Nenê se surpreendeu:

— Cinema? Você foi ver uma fita de cinema?

Isabel concordou, rindo:

— Fui. No Cinema Íris. — E depois, com puro encantamento: — Uma fita romântica, cheia de amor, peripécias, com Rodolfo Valentino... me emocionei tanto...

— Se sua mãe souber!

— Espero que você não me traia. Maurício é tão bom, tão carinhoso e me ama tanto!

— Maurício?

— O dr. Cardoso.

Nenê fez uma leve pausa:

— E depois do cinema?

Isabel sorriu, maliciosa:

— Você quer saber? Antes do cinema estive na casa dele. Dispensou os empregados hoje... almoçamos juntos e depois... foi uma tarde linda demais... jamais vou esquecer...

Nenê se ergueu, nervosa. Isabel, mesmo às escondidas, também tinha direito ao amor, ao sexo. Então por que só a ela aquilo era negado? Por quanto tempo ainda teria de guardar dentro de si aquela espécie de estigma, algo infamante, que a diferençava tanto das outras mulheres?

Com a voz surda, cheia de revolta contida, perguntou:

— Até onde você vai levar isso?

— Só quero sentir que estou viva... e ele me faz viver intensamente.

Isabel fez menção de caminhar até a porta:

— Vou buscar o chá para você.

— Não, espere — pediu Nenê. E depois, com cuidado, não querendo deixar-se trair. — Já ouviu falar numa tal Bernarda de Sá?

Isabel ficou pensativa.

— Bernarda de Sá? Não... que me lembre... não mesmo. Quem é?

— Seu irmão vem sempre ao Rio, não vem?

Isabel corrigiu-a:

— Vinha. A negócios.

— Antes de se casar, ele passava a maior parte do tempo aqui, não passava?

Isabel começou a ficar desconfiada:

— Não, Nenê, nem tanto. Sempre esteve entre o Rio e a nossa cidade. Por quê, hein?

— Você nunca ouviu falar que Julião... tinha uma mulher aqui no Rio?

Isabel se escandalizou:

— Nunca! Que absurdo! Quem lhe disse isso?

Nenê desconversou:

— Ninguém. Foi uma cisma que tive. Trate de esquecer o que eu disse.

Calou-se, logo acrescentando, em tom amigável:

— Olhe, se quer me ver aquele chá agora, eu aceito.

Isabel saiu. Sozinha, Nenê sentiu que seu desassossego aumentava, tomava-lhe o peito, como se fosse parti-lo. As palavras de Isabel não lhe tinham trazido conforto, pelo contrário, aumentavam-lhe as desconfianças. Se Isabel, ela própria, era capaz de manter um romance secreto, por que o mesmo não podia acontecer com Julião? Seriam, talvez, cúmplices, os dois a se necessitar e a se encobrir mutuamente. Cometera uma tolice, falando-lhe de suas desconfianças. E se ela as contasse a Julião? O que seria de sua vida? Deus, como tudo aquilo era complicado...

Olhou para sua imagem no espelho da penteadeira, mas foi Cora quem viu, com seu sorriso, seus cabelos louros e, acima de tudo, seus olhos, penetrantes, insondáveis. O que dissera sobre Bernarda martelou-lhe o íntimo. Ela compreendeu que qualquer coisa era preferível à dúvida em que tinha sido jogada.

Quando Isabel voltou, trazendo o chá, viu Nenê olhando-se no espelho de forma estranha, sem parecer notar sua presença. Teve que ir até ela, tocar-lhe o braço:

— Nenê... o chá.

A voz da cunhada parecia vir de tão longe que Nenê custou a reconhecê-la, como se proviesse de um sonho. Mas, quando se voltou e deu com Isabel, concreta, real, parada diante de si, veio-lhe um choque: a revelação de que, por fim, tomara uma resolução tão real e concreta quanto a figura de Isabel, que, gentil, lhe estendia a xícara de chá.

No dia seguinte, muito cedo, Nenê voltou à chapelaria. Compreendera que perderia a paz para sempre se não aceitasse a oferta de Cora, se não visse "a outra". Sucumbira, enfim, à curiosidade, ao desejo quase mórbido de se comparar a ela, medi-la, conhecer por seu intermédio tudo o que Julião tão avaramente lhe negava.

A loja tinha acabado de abrir. Cora ainda não havia chegado, mas deixaram-na entrar, sentar-se. Foi com insuportável sofreguidão que se pôs a esperar. Agora, que havia resolvido, a perda de um simples minuto parecia-lhe intolerável. Cora finalmente chegou e assim que deu com ela aproximou-se, sorrindo:

— Ah, Nenê... Veio buscar seu chapéu?

— Vim...

Cora mandou que uma das caixeiras fosse buscá-lo, indagou:

— Como passou a noite?

Nenê se abriu:

— Não pude dormir, pensando em tudo o que me disse.

— Mas não lhe contei aquelas coisas para deixá-la nessa angústia. Contei a pedido de Bernarda, para ajudá-la.

— Onde está Bernarda?

— Por que quer saber?

— Preciso conhecer essa mulher.

Cora exclamou, satisfeita:

— Decidiu? Assim é que se fala.

Sôfrega, Nenê insistiu:

— Leve-me até ela imediatamente.

A caixeira voltou, trazendo o chapéu.

— Um momento — Cora examinou-o. — Ficou lindo. Vai usá-lo agora ou quer levá-lo numa caixa?

Nenê não podia entender toda aquela perda de tempo. Será que Cora, como ela, não via a pouca importância que tinha o chapéu naquele momento?

— Na caixa é melhor — respondeu, irritada.

— Embale numa caixa bem grande — ordenou Cora à caixeira.

Nenê mal pôde esperar que a moça lhes desse as costas para insistir:

— Vai levar-me até Bernarda?

— Não pode ser assim, de repente. Bernarda precisa ser avisada.

— Então avise.

— É o que vou fazer.

Nenê tinha a voz súplice:

— Marque logo um encontro entre nós duas.

— Claro, podemos marcar.

— Para hoje...

Cora parecia tentar contê-la:

— Não tenha tanta pressa. Basta que tenha resolvido conhecê-la. Já é um grande passo a seu favor; mostra coragem, superioridade. A mulher não pode conformar-se em ser escrava do marido. Creio que Bernarda vai auxiliá-la a se libertar desse homem dominador.

Nenê implorou, batida pela ansiedade:

— Diga quando, por favor.

— Vamos fazer uma coisa... — Cora ficou pensativa por um instante, logo acrescentou: — Amanhã, entre meio-dia e uma hora, Bernarda e eu estaremos esperando por você. Vamos almoçar juntas.

— Onde?

— Em minha casa. Vou lhe dar meu endereço. — Pôs-se

a escrever o endereço num pedaço de papel. — Moro em Santa Teresa. Não vai ser difícil encontrar minha casa.

Entregou o papel a Nenê, que o guardou como a coisa mais preciosa do mundo.

*

Esperar um dia e uma noite não foi fácil para Nenê dedicando-se a mil pequenos gestos, o tempo a lhe parecer imobilizado, voltado contra ela, aumentando sua tortura. Na manhã do dia marcado, com horas de antecedência para o encontro, não havia ainda decidido o que vestiria. A roupa que trouxera da fazenda parecia-lhe imprestável. Como enfrentaria com aqueles trapos uma mulher que deveria trajar-se no rigor da moda? Desesperou-se, teve vontade de desistir e voltar para Valença, esquecendo e afogando dentro de si tudo o que acontecera.

Acabou, porém, rindo-se de seus cuidados. Cora não dissera que Bernarda pretendia apenas ajudá-la? Pois então? Com certeza pouco repararia em sua aparência, o importante era o mundo, novo, que lhe abriria. Escolheu um vestido de musselina, branco, muito simples, discreto. Vestiu-o e estava terminando de prender o chapéu (fizera questão de ir com o que ganhara de prêmio) quando Isabel abriu a porta do quarto e entrou. Olhou para ela, curiosa:

— Vai sair?

— Vou. Talvez demore.

— Posso saber aonde vai?

Nenê titubeou:

— Vou... conhecer uma pessoa... muito importante.

— Quem?

O tom de Isabel agora era de desconfiança. Nenê respondeu:

— Uma mulher. Importante, já disse.

— Importante para quem?

— Para mim, para minha tranquilidade, daqui por diante.

— Vou com você — ofereceu-se Isabel, mas Nenê recusou, firme:

— Não, de jeito nenhum.

Isabel encarou-a:

— Estou assustada com você. Há duas noites que não dorme, não tem comido direito... agora vai se encontrar com gente desconhecida.

Nenê tentou amainar seus temores:

— Não se preocupe. Sei me cuidar. — E logo depois: — Estou bonita?

— Está. O chapéu é bonito.

— Será que ela é mais bonita do que eu? — perguntou Nenê.

— Quem?

— A tal mulher... importante.

— Como é o nome dela? — quis saber Isabel.

— Bernarda de Sá — respondeu Nenê, e depois, sorrindo: — Deseje-me sorte.

Isabel deu de ombro:

— Só me resta desejar-lhe sorte, já que está tão cheia de mistérios. Mando o empregado chamar um táxi?

— Faça o favor.

— Para que bairro você vai?

— Santa Teresa.

*

O táxi parou diante de uma bela casa, rodeada por um jardim, uma cerca separando-a da rua, terminando num alto portão de ferro. Nenê pagou o táxi, saltou, aproximou-se do portão e tocou uma campainha, à sua direita. Dali podia ver a entrada da casa, a varanda, espaçosa, algumas cadeiras, mesinhas e um balanço ali espalhados. A porta da frente se abriu, uma empregada atravessou a varanda, o jardim e deteve-se diante do portão. Nenê perguntou, tentando disfarçar a insegurança da voz:

— Dona Cora de Freitas... é aqui?

— Entre.

A empregada abriu o portão, Nenê entrou, atravessaram o jardim, cruzaram a varanda e a porta de entrada, Nenê se viu numa sala de espera ampla, confortável. Cadeiras de palhinha, um sofá, dois ou três quadros nas paredes tornavam o cômodo acolhedor, tranquilo.

— Vou avisar dona Cora. Pode sentar.

Nenê não deixou que a empregada se fosse:

— Sabe se... se dona Bernarda de Sá já chegou?

— Chegou uma senhora. Não sei quem é.

— Deve ser ela. Obrigada. Eu vou esperar.

A empregada dirigiu-se a uma porta interna, desapareceu. Sozinha, Nenê sentiu a testa e as mãos úmidas, um leve tremor nos joelhos, só naquele momento compreendendo o quanto estava nervosa, o quanto de sua vida tinha colocado em jogo numa única cartada. Sentou-se e enxugou o rosto e as mãos com um lencinho. Não lhe saía da cabeça a ideia de que deveria, a qualquer custo, saber enfrentar Bernarda. Mas como seria ela? De que maneira a trataria? Pior ainda: como falariam de Julião, o homem que as unia e as separava, de que modo conversar a respeito de sua penosa intimidade?

De repente, Nenê ouviu passos. Vinham da mesma porta utilizada pela empregada. Sem dar por si, ergueu-se, a certeza de que era Bernarda dominando-a, a convicção de que, por fim, a veria mantendo-a grudada ao chão, o sangue a correr-lhe, rápido, nas veias, enquanto os passos se aproximavam cada vez mais...

CAPÍTULO 3

Mas a porta não se abriu, ninguém apareceu. Os passos, como tinham surgido, desapareceram. Nenê sentou novamente. E foi assim que permaneceu por tempo infinito. O que estaria acontecendo, afinal? Por que deixá-la ali, entregue a uma ânsia que mal lhe permitia sentir as batidas do próprio coração, a respiração descompassada, ofegante?

Olhou para o relógio. Fazia já uma hora que esperava. Se não vinham atendê-la, era porque alguma coisa, algo imprevisto, devia ter acontecido. Ergueu-se, aproximou-se da porta, abriu-a com cuidado. Dava para um pequeno corredor, ao fim do qual havia outra porta. Através dela, entreaberta, vinham vozes, um ou outro ruído indeterminado. Uma das vozes era a de Cora, a outra Nenê não identificou, seria provavelmente Bernarda, pensou. Mas, se era assim, e se sabiam de sua presença, por que a deixavam esperar tanto?

Nenê seguiu pelo corredor, cruzou a porta, viu-se no quarto de Cora. Ela estava de pé, sobre um pequeno banco, experimentando um vestido. Uma mulher jovem dava retoques no tecido, pregando alfinetes. Nenhuma das duas deu por sua presença. Nenê permaneceu um longo instante ali, olhando-as, enquanto conversavam, animadas.

— Dá licença? — disse por fim.

Cora se voltou em sua direção.

— Ah, Nenê... desculpe. Estou experimentando esse vestido, que precisa ficar pronto esta noite. Eu a fiz esperar muito?

— Uma hora...

Cora não pareceu muito preocupada, embora se desculpasse:

— Mil perdões. Vamos almoçar juntas.

Nenê se voltou para a outra:

— Dona Bernarda?

— Não, não — e Cora sorriu. — Esta é Adélia, minha modista.

Adélia olhou para Nenê:

— Prazer em conhecê-la.

Nenê não pôde esconder sua decepção:

— E dona Bernarda? Não chegou ainda?

Cora se dirigiu à modista:

— Adélia, está bem. Faça a outra metade da bainha, como este lado. Não precisa marcar toda a volta. Já fiz minha amiga esperar demais.

Adélia concordou, pôs-se a ajudar Cora a despir o vestido. Nenê não pôde evitar um gesto de admiração quando viu as roupas de baixo de Cora:

— Onde compra roupas íntimas tão bonitas?

— É tudo importado de Paris — sorriu Cora. — Aliás, quase todas as roupas que uso me foram dadas por Bernarda. Ela só usa roupas, lingerie, perfumes, sais de banho, produtos de beleza, tudo, tudo de Paris. Estas peças íntimas me foram dadas por ela.

— São belíssimas. Bernarda deve ter muito gosto e muito dinheiro para importar roupas tão caras.

— Ela tem muito gosto, sim. Quanto a dinheiro... não podemos colocar na balança seu gosto e seu dinheiro, porque o gosto pesa muito mais. Dinheiro para ela é difícil.

— Como consegue o que quer?

— Ela tem que trabalhar.

— Em quê?

Cora evitou responder e virou-se para a modista:

— Adélia, ajude a vestir-me, rápido. Estou com fome. Já vou mandar servir o nosso almoço. Almoça conosco, Adélia?

A moça disse que não, terminou de ajudar Cora, pegou o vestido embainhado e saiu. Nenê seguiu-a com os olhos:

— Pensei que fosse Bernarda quando entrei.

— São muito diferentes. Bernarda não pode ser comparada a qualquer costureirinha.

Cora se sentou diante da penteadeira, começou a escovar os cabelos. Eram longos, de um alourado vivo.

— Gosta de meus cabelos?

— Muito. São bonitos.

— Bernarda fez tudo para eu cortá-los, como ela mesma está usando. Ainda não tive coragem — disse Cora.

Nenê se horrorizou:

— Ela usa cabelos curtos?

— Chegou de Paris com os cabelos cortados. Escandalizou este Rio de Janeiro. Mas as pessoas acabam se acostumando, e hoje ela já pode ir a qualquer lugar que encontra algumas senhoras corajosas, também de cabelos cortados.

— Precisa ter muita coragem mesmo.

Cora se ergueu, sorriu e enlaçou-a pela cintura:

— Você terá também. — E depois: — Vamos almoçar?

Foram para a sala. Cora ordenou à empregada que colocasse o almoço. Enquanto a mulher arrumava a mesa, Cora serviu um pouco de vinho branco para Nenê:

— Tome. Para animar um pouco. Acho-a triste.

Nenê pegou o cálice, comentou:

— Julião não gosta que eu beba. Nunca deixou...

— Esqueça seu marido. Você não é parte dele, você é outra pessoa. Pense que deve ter sua própria vontade, não deve ser um simples fantoche nas mãos dele. Beba... à sua personalidade.

Encorajada, Nenê sorriu e bebeu.

— Bernarda está muito atrasada — disse.

Cora acrescentou, a voz impessoal:

— Ela não virá.

Nenê não pôde esconder a surpresa, a decepção:

— Mas como... não virá?!

Com a mesma impessoalidade na voz, Cora explicou:

— Esteve aqui de manhã. Deixou-lhe recados, instruções e até mesmo aquela valise — apontou para uma valise, encostada à parede. — Está cheia de seus pertences, que ela dá a você, de coração, para que comece a conquistar seu marido.

Nenê se recusou:

— Não, não... isso não vale, não é a mesma coisa. O que houve para ela mudar de ideia?

— A emoção de ver você. Não se sentiu bem, achou que não iria suportar. Está ainda muito sensível com as coisas que lhe aconteceram. Entenda... você é a esposa do homem que ela ama e que a desprezou.

— Então ela tem raiva de mim... — havia inequívoca decepção na voz de Nenê.

Cora tentou convencê-la do contrário:

— Não, ela a quer bem, mesmo sem conhecê-la. Quer ser solidária, no sentido de fazer com que você domine seu marido, libertando-se do seu jugo. Você só conseguirá isso conquistando-o. Pois então ela vai auxiliá-la, aconselhando-a, mostrando os pontos fracos de Julião, porque ninguém o conhece melhor do que ela.

Nenê ficou pensativa:

— Começo a entender. Bernarda quer se vingar de Julião, usando-me como instrumento principal de sua vingança.

Cora deu de ombros:

— Se for isso, o que importa? Para você o que interessa é fazer-se amada, não estou certa?

A crueza das palavras de Cora fazia com que a situação fosse extremamente cínica. Nenê tentou reagir:

— Será que, para fazer-me amada, preciso ser outra Bernarda na vida de meu marido? Terei de ser outra mulher, porque, com a minha personalidade, não conseguirei conquistá-lo. Não é isso que ela quer dizer?

Foi quase com frieza que Cora respondeu:

— Bernarda também não a está obrigando. Você precisa saber se definir. Se prefere continuar sendo subjugada por um homem, se tem prazer nisso, o problema é seu, meu anjo.

— Eu só queria conhecê-la, mais nada... não me transformar em outra mulher para obter o amor de Julião. Eu me sentiria traída... por mim mesma.

Cora apontou para a valise:

— De qualquer maneira, é interessante ver o que Bernarda separou para você começar a usar em sua batalha. Isto é... se quiser.

Nenê fez menção de dizer alguma coisa, mas foi interrompida pela empregada:

— O almoço está servido, madame.

Cora conduziu Nenê até a mesa:

— Vamos comer. Depois veremos o que contém a valise.

Nenê sentou, calada, sem conseguir disfarçar a frustração que a dominava. Cora percebeu e tentou consolá-la:

— Não fique triste. Você conhecerá Bernarda, antes mesmo do que pensa. Ela só pediu um tempinho, a fim de se preparar para a emoção de encontrá-la.

— Vou embora amanhã cedo. Minha cunhada terminou o tratamento no hospital e já telegrafou para Valença, avisando que chegaremos amanhã.

— Que pena. Talvez Bernarda quisesse encontrá-la amanhã.

Nenê não pôde esconder sua revolta:

— Eu não posso ficar à disposição dessa mulher, que está me usando vergonhosamente para se vingar do meu marido.

— Pois o que você devia fazer era vingar-se dele também — falou Cora, sem se deixar abalar. — Dê-lhe um susto, sendo a mulher que ele desejou e não encontrou em você. Pense nisso.

Nenê abaixou os olhos para o prato, começou a comer, preocupada. Apesar de achar tudo aquilo muito estranho, incongruente, não conseguia deixar de admitir que se sentia tentada a fazer o que Cora e Bernarda sugeriam: adquirir os hábitos, os gostos, a personalidade da "outra", enfim, parecendo-lhe uma experiência inusitada, mas, ao mesmo tempo, provocante. Tomada pela dúvida, em silêncio, terminou de comer. Cora também, além de uma ou outra observação banal, manteve-se a maior parte do tempo calada, como se, adivinhando os problemas com que ela se debatia, fizesse questão de respeitá-los ou, talvez, tomasse o silêncio como um aliado por intermédio do qual ela, por fim, se decidiria.

Terminado o almoço, Nenê se preparou para ir embora. Cora apontou para a valise:

— Não quer mesmo saber qual o conteúdo da valise?

— Prefiro não saber.

Cora insistiu:

— Contudo, deve levá-la. Pode mudar de ideia. Bernarda lhe dá indicações curiosas do que se deve fazer para conquistar um homem.

Nenê foi irônica:

— Ela é profunda conhecedora de homens?

Cora não se importou com a ironia:

— Ela conhece muito seu marido. — E depois: — Vai levar?

Nenê olhou para a valise, indecisa. Depois, resoluta, pegou-a:

— Está bem. Quero provar a Bernarda que ela não me assusta nem um pouco.

Despediram-se.

— Escreva-me — disse Cora. — O que decidir, avise-me. Se preferir, escreva para Bernarda diretamente, no meu endereço. Ela está sempre aqui comigo.

— Adeus.

Nenê saiu.

O DOCE PRAZER DA LIBERDADE

Nenê, apressada, transpôs o jardim, viu-se na rua. Esperou bastante por um táxi e acabou tomando o bondinho. Quando saltou no Largo da Carioca, sentiu-se invadida por uma estranha sensação de liberdade. Era algo ainda diminuto, talvez inconsistente, mas que a enchia de imenso prazer.

Caminhou em direção à rua do Ouvidor, receosa de perder-se por lugares que não conhecia bem. O prazer de se arriscar, no entanto, valia mais do que qualquer espécie de receio. Mas, afinal, por que se sentia daquela maneira, pela primeira vez dona da própria vida, de seu destino? Tinha certeza de que fora pelas revelações de Cora, pelo que agora sabia a respeito do marido, pela revolta que sentia contra ele.

Deteve-se diante da Colombo, olhou para dentro. Havia muita gente nas mesas, conversando, enorme animação tomando a todos. Fez menção de entrar, mas vacilou. O que pensariam dela, sozinha, segurando aquela valise, a entrar pela confeitaria? Com certeza, a tomariam por uma qualquer, uma desclassificada... Mas em que isso poderia prejudicá-la, de que maneira a opinião das outras pessoas seria tão importante a ponto de inibi-la?

Continuaria sendo a mesma. Além do mais, até onde Julião merecia que ela continuasse sendo tão puritana, tão submissa, tão fiel? Não pensava em traí-lo — é evidente —, mas que mal havia em ser dona do próprio nariz, fazer aquilo que julgava correto? Abandonando as hesitações, entrou, girou os olhos em torno, à procura de uma mesa. Viu algumas mulheres usando os cabelos muito curtos e, audácia das audácias, fumando em público!

Sampaio, ao piano, tocava uma valsa qualquer. Nenê, sentindo-se mais à vontade, quando deu com ele, aproximou-se:

— Boa tarde.

Ele a reconheceu e exclamou, sorridente:

— Ah, você... que prazer!

Parou de tocar, embora ela pedisse:

— Continue, por favor. Não pare por minha causa.

— Vale a pena. Está sozinha?

Ela mentiu:

— Estou... isto é... estou esperando uma amiga... não, digo... minha cunhada...

— Chegou em boa hora.

— Por quê?

Ele explicou:

— Estou aflito para fumar um cigarro e não tenho quem me substitua. Quer ficar dez minutos ao piano?

Ela vacilou, mas logo acedeu:

— Naturalmente.

Sentou-se à banqueta, enquanto ele acendia um cigarro e dizia:

— Comece.

— Toco o quê?

— Algo bem alegre. As pessoas estão aqui para se divertir.

Deu uma longa tragada, ofereceu um cigarro, que ela recusou:

— Não. Eu não fumo. Obrigada.

Ele começou a se afastar:

— Estou ali fora. Comece, volto já.

Nenê tocou uma valsa. Quando terminou, as pessoas aplaudiram. Ela se sentiu extremamente bem, animada. Tocou outra valsa e, depois, um maxixe. Algumas pessoas se ergueram, sorridentes, aproximaram-se do piano, encantadas. Sampaio voltou, sorriu, ao vê-la tão desinibida, sentou-se ao seu lado e a acompanhou no maxixe, agora a quatro mãos. Todos aplaudiram muito, quando terminaram, num entusiasmo contagiante. Sorrindo, Sampaio tomou-lhe uma das mãos e a manteve apertada fortemente na sua. Nenê, espantada, tentou retirá-la, mas ele não permitiu. E olhando-a bem fundo:

— Você é linda. Alguém já lhe disse isso?

Nenê, surpresa, não conseguia desviar os olhos dele; era a primeira vez que ouvia galanteios de um estranho.

— Linda — repetiu ele.

Finalmente, conseguiu libertar a mão, ergueu-se, pegou a valise e saiu, apressada, sem se despedir, ouvindo a voz dele:

— Volte... estou sempre aqui, ouviu?

Na rua, Nenê sorria, sem poder deixar de reconhecer o quanto tudo aquilo a inebriara, a sensação de vingança tomando-a por inteiro. Voltar para casa, contudo, significaria retomar a vida de antes, esquecer o que a empolgara tanto. Mas isso ela não queria, daria tudo para manter-se como estava, indivisa. Caminhou pela Ouvidor, entrou na rua da Carioca. Parou diante do Cinema Íris, viu os cartazes do filme *Os quatro cavaleiros do Apocalipse*, com Rodolfo Valentino, lembrou-se do que Isabel dissera sobre a fita, comprou um ingresso e entrou. A sessão estava para começar, e ela andou pelo meio das cadeiras, atarantada, sem saber onde sentar. Entrar no cinema, desacompanhada, fora mais um desafio que se impusera, mas agora sentia-se transida de medo. O que não diriam, vendo-a sozinha ali? Por fim, sentou-se, a fita começou, o medo cedeu lugar a uma sensação estranha quando a imagem do ator surgiu na tela. Nunca tinha visto um filme com o famoso ator e se deixou levar por seu encanto, sua beleza. Mais ainda: quando ele beijou a mocinha, Nenê se arrepiou de desejo. O quanto não daria para estar no lugar dela, sentir aqueles braços, aqueles lábios contra os seus. Levada pela emoção, pelo romantismo da fita, esqueceu-se de tudo, da traição do marido, de Bernarda. Quando a projeção terminou e as luzes se acenderam, viu-se a aplaudir, todos os olhares voltados para ela. Por um instante, vacilou, estava chamando a atenção de todos para si, e aquilo, afinal... Ora, que mal podia haver em seu gesto? Aplaudiu com maior entusiasmo ainda, duas ou três moças a imitaram, ela se sentiu imensamente feliz com isso, pela segunda vez, naquele dia, tivera a coragem de fazer algo genuíno, partido do mais fundo de seu ser; algo que, tinha certeza, era um dos primeiros passos que a levariam a recuperar sua verdadeira personalidade.

A VOLTA OU AS DÚVIDAS DE NENÊ

No dia seguinte, no trem, de volta para Valença, Isabel, olhando para Nenê, comentou:

— Acho você diferente.

— Acha?

— Muito.

— Como?

Isabel fez um gesto vago:

— Calada... esquisita.

— Estou pensando muito na minha vida.

— Essa viagem não lhe fez bem.

Nenê não concordou:

— Ao contrário. Estou me conhecendo melhor depois dessa viagem.

— Como assim?

— Estou me questionando, e isso é bom. Antes, não tinha coragem sequer de manifestar um pensamento. Hoje, já me preocupo em pensar se valeu a pena me rebaixar tanto para um homem, deixando que ele tomasse conta da minha personalidade.

Isabel, curiosa, não deixava de encará-la:

— Você diz coisas que eu não entendo.

— Claro. Você é uma mulher que faz o que quer, que vive para o que sente, sem medo.

— E você não é assim?

Nenê foi amarga, em sua resposta:

— Não. Eu vivo para Julião, penso por Julião, ajo por Julião. Não sou dona de mim.

— Você o ama, não é o que interessa?

— Amar não é tudo. Só dar, dar e nada receber. Vale a pena?

Isabel respondeu:

— Depende. Eu me dou toda para o meu amor e me sinto bem.

Nenê argumentou:

— Mas recebe amor.

— E você não?

Nenê foi quase rude:

— Isabel, não se faça de imbecil. Você sabe que seu irmão não sente nada por mim.

— Posso dizer uma coisa? Você também é muito... como posso dizer... muito capacho... sem vontade, sem personalidade...

Nenê ficou amuada:

— Não precisa me dizer isso.

— Acho que os homens preferem casar assim, mas gostam mais, de verdade, das mulheres arrojadas — continuou Isabel.

— Eu sei.

Isabel olhou mais detalhadamente para ela e comentou:

— Você está mais bonita. Por que não tenta conquistar meu irmão?

Nenê não respondeu, correu os olhos pela valise que Bernarda lhe dera. Ali dentro talvez estivesse a chave para todo o segredo, para a conquista de Julião. Alguém que o conhecia bem lhe dava a fórmula mágica para dominá-lo.

Nenê se voltou para Isabel, como se ela também estivesse a par daquela espécie de segredo:

— Mas isso é justo? Vale a pena me destituir de minha própria personalidade, me transformando numa segunda pessoa...

Isabel se assustou:

— O que você está dizendo, Nenê?

— Para me fazer amar de verdade, não devo ser eu, tenho de imitar outra.

Isabel continuava sem entender:

— Quem?!

Nenê acrescentou, como se raciocinasse alto, falando mais consigo mesma do que respondendo às perguntas de Isabel:

— Se os resultados forem bons, será que isso tem importância?

— Quer explicar melhor?

— Mas eu estaria me violentando! — exclamou Nenê. E depois: — O que eu faço, hein?

— Se me der uma explicação, posso aconselhar.

— Bernarda de Sá é mais forte do que eu.

Isabel ficou curiosa:

— É a segunda vez que você fala nessa mulher. Quem é?

— A mulher que Julião ama — a voz de Nenê era contida, não traindo nenhuma emoção em particular.

Isabel, intrigada, teve vontade de insistir, a fim de que ela explicasse algo que a estava deixando extremamente curiosa, mas foi obrigada a deixar aquilo para depois, pois o trem estava chegando a Valença. Começaram a se preparar para saltar.

*

Para decepção das duas, não havia ninguém as esperando na estação. Apesar do telegrama enviado por Isabel, nem o irmão, nem os pais estavam ali. As duas já se preparavam para tomar um carro de praça quando um empregado apareceu, dirigindo o Chevrolet de Julião. Explicou que Alceu e Alzira não tinham vindo porque tinham ido à missa de sétimo dia do escrivão Moreira. Quanto a Julião, estava atrapalhado com algumas reses que tinham aparecido doentes. Enfim, acompanhadas apenas do empregado, as duas rumaram para a fazenda. Assim que chegaram e entraram na sala, deram com Alceu e Alzira. Isabel comentou, irônica:

— Até que enfim vejo um parente...

Alceu estranhou:

— Do que se queixa?

— Ninguém foi nos esperar na estação.

— Tivemos de... — começou a explicar Alceu, mas Nenê o interrompeu:

— Onde está Julião?

— Está com um problema aí com o gado.

Alzira completou:

— Ele pediu para avisar a você que só virá à noite, para o jantar.

Nenê ironizou:

— Ele não tem pressa de me ver.

Alzira continuou:

— Também, ficaram tanto tempo no Rio. Uma semana! Precisava ficar tanto tempo assim?

— Precisava, mamãe. Desta vez o meu tratamento foi demorado — explicou Isabel.

— Por quê? — quis saber Alceu.

— Porque tive uma recaída, passei mal. — Isabel se voltou para Nenê: — Não foi, Nenê?

Sem responder, dando-lhe as costas, Nenê pegou a valise e subiu para o quarto.

— O que ela tem? — espantou-se Alzira, enquanto Isabel respondia:

— Zangada, né, mamãe? O que custava Julião ter perdido um pouco de seu precioso tempo para nos pegar na estação?

ONDE SE MOSTRA COMO JULIÃO É UM MARIDO DESASTRADO

No quarto, quase na hora do jantar, Nenê se preparava, com carinho, para rever Julião. Estava magoada, mas saudosa, já que o amava, não tinha dúvida a respeito disso. Terminando de ajeitar os cabelos, imaginava como seria o reencontro. Atirar-se-ia em seus braços, beijando-o loucamente, como vira no filme de Rodolfo Valentino, ou conteria sua sofreguidão? Ah, quanto não daria para tê-lo ali, ao seu lado, naquele momento. O que lhe tinha acontecido no Rio parecia-lhe, agora, esmaecido, embaçado. Reconhecia que, amando-o, não poderia vingar-se dele. Pegou a valise de Bernarda, guardou-a, sem abri-la. Talvez não necessitasse de nenhuma espécie de estratagema para conquistar Julião, talvez as coisas se resolvessem por si, a ideia de se ver compelida a se transformar em Bernarda para tê-lo parecendo-lhe algo absurdo, repugnante. Não abriria a valise, em nenhuma circunstância; ela ficaria ali como um símbolo, uma espécie de teste para medir sua força, sua capacidade.

Desceu para o jantar, mas Julião não apareceu. Um empregado avisou que ele tinha ficado retido na cidade, com amigos, resolvendo negócios. Jantaram sem ele, e só lá pelas onze da noite Julião apareceu, acompanhado por Artur e mais dois homens que Nenê não conhecia. Quando a viu, aproximou-se, deu-lhe um beijo rápido e seco no rosto, perguntando como se aquilo não fosse mais que uma obrigação social:

— Como foi de viagem? Tudo bem, não? E você, Isabel? Melhorou da asma?

— Melhorei.

Julião foi de novo para junto dos amigos:

— Vamos jogar, armar um poquerzinho para a gente se distrair. Quer tomar parte, papai?

— Não... estou caindo de sono. Vamos subir... venha, Alzira... venha, Isabel...

Os três subiram, Julião se dirigiu à mulher:

— Nenê, veja vinho! — E depois, para os amigos: — Vocês preferem vinho ou uma cachacinha da boa?

Antes que respondessem, tornou de novo para ela:

— Sirva as duas coisas, Nenê.

Ela, mal contendo seu amargor, a decepção diante da frieza com que era tratada, afastou-se para preparar as bebidas. Artur, compreendendo seu estado de espírito, foi ter com ela:

— A senhora fez boa viagem?

— Ótima.

— Gostou do Rio de Janeiro?

— Eu já conhecia.

Suas mãos tremiam quando ela pegou os cálices. Ele reparou:

— Deixe. Eu ajudo. A senhora está tremendo.

— Impressão.

— Nervosa?

— Não — respondeu ela, mas acabou deixando cair um dos cálices, que se espatifou no chão. Julião, sentado à mesa, dando as cartas, virou-se para ela.

— Precisa de ajuda, Nenê?

— Não.

Ele voltou ao jogo, e Artur pôs-se a recolher os cacos. E, olhando-a bem nos olhos, a voz quente:

— Gostaria muito... de fazer alguma coisa... para ajudá-la...

Apontando o marido com um gesto de cabeça, a revolta contida na voz, falou:

— Então, diga para aquele... senhor que estou cansada da viagem... que se ele quiser... que venha servir o vinho, porque vou me deitar. Com licença... Boa noite.

— Boa noite, dona Nenê.

Ela se afastou, Artur seguindo-a com os olhos. Depois, ele mesmo foi servir a bebida. Julião, entretido com o jogo, nem deu pela ausência de Nenê.

AINDA OS SEGREDOS DE UMA VALISE

Trancada no quarto, Nenê se desesperou. A decepção tomava-a de maneira funda, aterradora. Que tola fora em imaginar que Julião a receberia cheio de carinho, encanto.

Agora estava claro o quanto a desprezava, o nojo até que devia nutrir por ela, surgindo, insofismável.

O que fazer? Deixar-se quedar, emparedada, ser tratada como pouco mais que um objeto, ou reagir? Mas, para reagir, era preciso que se transformasse em outra, e isso... Seus olhos pousaram sobre a valise, e ela foi tomada pela inequívoca convicção de que nela estavam contidas todas as respostas de que necessitava, a solução para o impasse em que se debatia dependendo apenas de um gesto: o de abri-la, ficar conhecendo seu conteúdo. Para isso, contudo, era preciso também que fosse um pouco Bernarda, aquela desconhecida que agora reinava, absoluta, sobre o seu destino. Nenê não mais vacilou. Se, para conquistar Julião, era preciso dar aquele passo, ela o daria, sem hesitações. Pegou a valise, abriu-a, ia enfim conhecer os segredos íntimos de Bernarda e Julião, os objetos que tinham construído um mundo à parte para aqueles dois.

*

— Quais objetos secretos eram esses? — perguntou o dr. Cortes.

Nenê fez menção de se erguer da poltrona:

— Estou cansada. Quero ir para o quarto.

— Mas a valise...

Ela o interrompeu:

— O que é isso? Um interrogatório policial?

— Não vai me contar tudo? — ele insistiu.

— Já disse que estou cansada. Quero me deitar.

— Está fugindo do quê, agora?

— De nada, droga! Que pensa que eu sou?

Ela se ergueu, pegou um cigarro da cigarreira em cima da mesa. O médico acendeu-o, comentando:

— Está fumando demais.

Nenê deu uma longa tragada:

— Você parece um verdadeiro policial, me forçando a essa espécie de confissão. Policial ou padre.

Ele sorriu:

— Um bom médico tem que ser de tudo um pouco... amigo, policial, padre, tudo. Na verdade, só quero tirar conclusões para cuidar melhor da senhora.

Nenê caminhou até a porta.

— Eu a acompanho — ofereceu-se, mas ela recusou:

— Não. Vou sozinha.

Depois que ela saiu, Cortes permaneceu por longo tempo sentado, pensativo. Era evidente que o estado de Nenê o preocupava cada vez mais. Sentia pisar em areia movediça, sem nada de sólido a que se apegar. Talvez Julião ou Isabel pudessem oferecer-lhe algo de mais concreto. Por isso, mandou que a enfermeira os chamasse, pedindo que no dia seguinte, às dez da manhã, comparecessem ao sanatório.

*

— Dona Bernarda de Sá? — repetiu Isabel.

Ela, o médico e Julião caminhavam pelo jardim do sanatório.

— É. Ouviu dona Nenê pronunciar esse nome?

— Ah, sim... ela falou, sim, nessa mulher. Acho que duas vezes... não sei...

— Talvez na viagem de volta a Valença... recorda-se se...

Ela o interrompeu:

— Recordo, sim. É verdade. Ela falou em dona Bernarda de Sá, falou mesmo. Por quê?

Ele continuou:

— Outra pergunta, dona Isabel: lembra-se se dona Nenê levou uma valise marrom na viagem?

— Valise? — repetiu ela.

— Que não lhe pertencia. Seria de dona Bernarda...

Isabel fez força para se lembrar:

— Espere... a valise... Sabe que não prestei atenção? Lembro-me de que ela trazia alguma coisa no colo na viagem de volta. Podia ser uma valise... ou uma caixa de chapéu... não me recordo... Ou seria a valise? Mas Nenê tem uma valise. Podia ser a sua...

— Pode deixar, era só. Muito agradecido, dona Isabel.

Aproximaram-se do portão, o médico agora se dirigindo a Julião:

— Preciso de sua sinceridade, seu Vilaça. Para curarmos dona Nenê, temos de encarar a realidade, por pior que ela seja.

Julião concordou:

— Lógico, dr. Cortes. Estou preparado para isso. Quero ajudar no que for possível.

— Então é necessário que o senhor use de toda a franqueza.

O médico se voltou para Isabel.

— Pode esperar no carro, por favor?

Ela fez que sim, cruzou o portão e entrou no carro, que estava à espera deles.

— O senhor me assusta, doutor! — exclamou Julião, nervoso.

O médico pareceu não ligar para ele:

— Dona Bernarda de Sá significa o que para o senhor?

Julião tornou, veemente:

— Nada, doutor! Absolutamente nada! Essa mulher também não existiu. Nem a tal Cora, nem a tal Bernarda. Tudo... tudo não passa de imaginação da minha mulher.

O médico foi reticente:

— Ela fala com tanta convicção... não como uma pessoa doente... Eu... eu confesso... já não estou sabendo distinguir...

— Mas o senhor não compreende? Ela se perdeu e inventou toda essa história para justificar seus atos — retrucou Julião. — Claro, a culpa era demasiada, quis reparti-la com alguém. Jogou sobre mim toda a responsabilidade... eu fui o carrasco, o mau marido, o infiel, o intolerante, puritano e moralista. Mas os fatos são muito diferentes. Ela se jogou naquela vida porque quis, ou porque está muito doente. Eu só estou querendo salvá-la, doutor. O senhor tem que acreditar em mim, não nela. Nunca existiu Bernarda de Sá, nem Cora de Freitas! Acredite, doutor!

O médico nada disse. Depois de longa pausa, durante a qual esperou que Julião se acalmasse, perguntou:

— Vai para a fazenda?

— Vou, hoje de tarde. Posso passar aqui para me despedir de minha mulher?

— Se ela quiser recebê-lo, não vejo por que negar.

Julião afirmou, veemente:

— Eu a amo, doutor... creia nisso. Eu amo a minha mulher como jamais amei alguém em toda a minha vida.

— Volte às duas horas. Ela talvez queira recebê-lo. Também não vamos forçar.

*

— Não quero receber aquele traste! Não quero nem ver a cara dele! — gritou Nenê, quando a enfermeira, a mando do dr. Cortes, transmitiu-lhe o pedido de Julião.

— O dr. Cortes disse que seria bom a senhora vê-lo. Ele vai para a fazenda e...

Nenê não deixou que ela terminasse:

— Que vá para o inferno! Não quero saber. Olha, me deixa em paz. Estou cansada de sua sombra. Quero ficar só... Some, vai... some...

A enfermeira saiu, Nenê bateu a porta do quarto. Sentou-se na cama, fumando, tomando uma taça de vinho. Recordou-se então do momento em que, um ano atrás, abrira a valise de Bernarda...

MAIS SEGREDOS DE UMA VALISE

A primeira coisa que pegou foi um frasco de perfume.

— Chevalier... 1920... — Abriu-o, cheirou-o, sorriu: — O perfume de Bernarda... que seja! Hoje Julião vai se lembrar de Bernarda... Vamos trazê-la de volta, hein, Bernarda? — Remexeu a valise, retirou lingerie, peças de baixo, de renda preta: — Está bem... é bonito... — Deu também com uma tesoura. Pegou-a, exclamando: — Isso agora... não entendi... — Em seguida, encontrou um bilhete. Abriu-o e leu: — Instruções, Bernarda... sei... Farei tudo como você ordena... sem dúvida, você é mestra na arte do amor.

Nenê terminou de esvaziar a maleta. Tirou produtos de maquiagem, sombra para os olhos, tudo importado, produtos franceses. Sentou-se diante do espelho da penteadeira, pintou-se, os gestos firmes, seguros, como se já não fosse ela mesma, como se fosse a própria Bernarda a arrumar-se, com infinito requinte, para dar e receber o mais requintado amor.

Quando terminou, pegou a tesoura, vacilando um pouco, como se a antiga Nenê que ainda havia dentro dela ressuscitasse por breve e indesejado momento. Sua hesitação, contudo, não durou mais do que alguns segundos: soltou os cabelos pretos e longos e começou a cortá-los, num gesto de libertação, de revolta, jogando-os no chão, livrando-se de um peso. Riu para a nova imagem refletida no espelho e depois, lenta, sensual, despiu-se. Olhou, demoradamente, para os seios, o ventre, as pernas bem-feitas, murmurando:

— Aí está, Bernarda... tudo como você ensinou. Vamos conquistar o nosso homem ou perdê-lo para sempre...

Tomou outra vez do perfume, passou-o por todo o corpo, deitou-se, nua, sem outra coisa a cobri-la além do leve lençol. Estava, enfim, pronta para receber Julião.

Embaixo, na sala, ele se despedia dos amigos:

— Obrigado, hein? Boa noite, gente. Desculpem se ganhei no pôquer. Hoje é meu dia de sorte... boa noite...

Os amigos se foram, ele trancou a porta, tomou um último drinque, depois, lentamente, começou a subir as escadas em direção ao quarto.

*

Julião subiu as escadas do sanatório, à procura do quarto de Nenê, deu com a enfermeira que tinha levado o recado do dr. Cortes e perguntou:

— Avisou-a?

A mulher fez um gesto desconsolado:

— Não adianta, seu Vilaça. Dona Nenê não quer vê-lo.

— Absurdo! Nenê não pode agir assim comigo!

— É melhor não insistir. O dr. Cortes não quer.

Ele se revoltou:

— Não aceito isso. Ela precisa me receber. Vou embora hoje. Como posso partir sem vê-la?

— O senhor não deve...

Sem fazer caso, ele lhe deu as costas e seguiu pelo corredor à procura do quarto de Nenê.

*

Sob o lençol, ela ouviu os passos aproximando-se, ressoando nas largas tábuas do assoalho do casarão. Em seguida, o trinco da porta girou, Julião entrou, cansado, distraído. O quarto estava na penumbra. Ele se aproximou da cama, pisou em algo, abaixou-se, espantou-se com o que viu, o chão coberto dos cachos de cabelo de Nenê.

— Nenê, que foi? Nenê? — exclamou ele, acendendo a luz.

Ela, sempre coberta pelo lençol, sorriu para ele:

— Boa noite. Fui bem de viagem, obrigada. Tive saudade de você, amor. Não vem deitar? Gosta do meu perfume?

— O que está acontecendo? O que foi que você fez? — perguntou ele, puxando o lençol.

Nenê, agora tomada de temor, encolheu-se na cama, enquanto ele, com enorme espanto nos olhos, via-lhe o corpo, inteiramente despido. Por um segundo, ficou sem saber o que fazer. Depois, rápido, apagou a luz.

*

Lentamente, Julião abriu a porta do quarto de Nenê no sanatório. Ela estava deitada na cama, fumando, entregue às recordações.

A voz muito doce, ele chamou:

— Nenê...

Ela se voltou, com raiva:

— Sai daqui... sai! Não quero ver sua cara! — E depois, já gritando: — Sai! Sai daqui, miserável!

Ele, contudo, entrou, batendo a porta atrás de si.

CAPÍTULO 4

Nenê subiu na cama, a taça em que bebera o vinho na mão, como uma arma:

— Se você se aproximar, enfio essa taça na sua cara!

Ele fez um gesto, na mão a chave da porta:

— Nenê, não pode ser assim... tenha calma. Estou aqui porque preciso conversar com você. Não me conformo, Nenê, não aceito você me tratar assim.

— Você me jogou aqui, patife!

— Precisa tratar-se, meu amor, você não está bem.

— Fora daqui, cretino! Estou farta dessa lenga-lenga, desse chove não molha. — Ela desceu da cama. — Vá embora, me dê essa chave. Abra essa porta ou vou começar a gritar por socorro.

Ele não se impressionou com a ameaça:

— Não há ninguém no corredor, seu quarto é o último, ninguém vai ouvi-la.

— Mas o que há, hein? O quê? Você não está vendo que não quero nem olhar pra sua cara? Que te odeio... que tenho nojo de você?

Julião insistiu:

— Mas eu a amo, Nenê. Quero ver você boa, quero tirá-la daqui, quando estiver em condições. Estou pedindo para você se ajudar. Tire essas ideias absurdas da cabeça e volte à realidade, Nenê!

— Voltar à realidade, seu bandido! — exclamou ela, rude. — Você sabe muito bem qual é a minha realidade! É a sua própria realidade, com todos os seus erros, seus crimes.

— Ah, meu Deus! Não comece tudo de novo! — tornou ele, num desabafo. Depois, aproximando-se dela: — Nenê, olhe pra mim. Vamos conversar como pessoas civilizadas. Eu gosto de você, amo você, quero que tenha a certeza de que é amada... quero perdoar tudo o que você fez...

— Perdoar?! — quase gritou ela, recuando.

— Só quero vê-la curada, ter você de novo pra mim, como antigamente, lembra-se? Era tão bom, Nenê...

Ela não pôde disfarçar a tensão:

— Aonde quer chegar, hein? Diga de uma vez! Diga!

— Quero que deixe de lado esses pensamentos tolos, essa fantasia ridícula, tente ter uma vida normal. Diga ao dr. Cortes que quer voltar pra casa, que esqueceu suas fantasias, e tenho a certeza de que, dentro de uma semana, talvez, você já esteja em casa... entendeu? Você quer sair daqui, não quer? Hein, Nenê? Olhe pra mim... responda, com sinceridade...

Depois de pequena pausa, ela continuou, mais calma:

— Claro que quero sair daqui. Mas acho que isso só será possível quando você confessar tudo sobre Bernarda.

Ele se espantou:

— O quê? Que loucura é essa, Nenê?

— Não é loucura. É a verdade, e quero que ela seja esclarecida. Não vou sair daqui com todo mundo me olhando e dizendo: coitadinha, alimentou fantasias absurdas, agora está melhor, e o maridinho dela é tão bom, tão incrivelmente bom que foi buscá-la e a perdoou. Mas agora ela está curada, que bom! — E num tom forte: — Nada disso, está ouvindo, seu moço? Não vou passar por demente e você por magnânimo... o marido ideal, maravilhoso, que foi buscar a mulher adúltera no hospício e a levou para casa, num grande gesto de perdão! Absolutamente! Exijo que você confesse sua culpa, para que todos saibam quem você é e saibam também que não estou louca. Se estou aqui, foi você que me jogou nessa situação. Bernarda se vingou de você em mim.

Julião perdeu a calma:

— Mas que Bernarda, droga?! Ela não existe, Nenê! Acabe com essa fantasia maluca, ou mando botar você numa camisa de força... droga!

Num gesto de escárnio, ela acendeu um cigarro, deu uma longa tragada e jogou a fumaça na cara dele. Com raiva, ele pegou o cigarro de sua mão e o jogou pela janela.

— Agora chega! Fora daqui! — gritou ela.

Ele se sentou na cama, num gesto desarvorado:

— Desculpe, me exaltei. Ainda não disse tudo... — Mantinha os olhos baixos, sem olhar para ela: — Não sei o que aconteceu comigo... estou louco por você. Quero que volte pra mim, boa, curada. Promete que...

Encarou-a, levou um susto. Enquanto se mantinha de cabeça baixa, Nenê tirara o vestido, ficara só de combinação.

— Diabo! O que é isto agora? — perguntou ele.

— Vou subir nessa janela e dançar um maxixe bem rebolado. Vou fazer um escândalo danado pra todo o hospital ver e se divertir... se você não sair daqui em dois segundos.

Encostou uma cadeira à janela, subiu nela.

— Sua doida... pare com isso! — gritou ele.

Sem lhe fazer caso, ela trepou no peitoril, começou a cantar e a dançar, num estardalhaço. Mais que depressa, ele abriu a porta e saiu. Nenê deu uma boa gargalhada, desceu, foi até a porta e gritou:

— Eu venci! Consegui dominar a fera! A situação se inverteu, seu patife! Teve época que quem saía correndo de medo era eu! Você se lembra, cachorro?!

Bateu a porta e repetiu, tensa:

— Se lembra?

UMA NOITE DE AMOR

Julião acendeu a luz de novo. Nenê estava de pé, ao lado da cama, enrolada no lençol.

— Você cortou os cabelos, Nenê?! — gritou ele, enquanto ela, assustada, tentava fugir. Ele fechou a porta à chave:

— Você teve a coragem… você se mutilou, Nenê?! Deixa eu ver…

Acuada, Nenê tentava fugir. Ele a agarrou pelo braço:

— Que foi que você fez, hein?

O lençol caiu, ela ficou nua. Ele continuou:

— Por quê, hein, sua doida?! Por quê?

Deu-lhe dois bofetões, jogou-a na cama:

— Está fazendo curso para entrar num bordel? Foi isso que você aprendeu no Rio de Janeiro? Quem mandou você cortar os cabelos? Por que não se vestiu para dormir? Quem lhe ensinou a dormir nua, como uma vagabunda?

Ela se cobriu de novo, assustada:

— Não me bate… eu explico tudo…

— Vista-se. Ponha uma roupa decente. Apanhe os cabelos do chão… eu vou grudar tudo na sua cabeça de novo. Volto dentro de cinco minutos. Se não estiver arrumada, vou cortar seu pescoço, vagabunda!

Julião saiu, ela se ergueu, envolta no lençol, à procura de uma camisola. Mudou de ideia, contudo; abriu a gaveta da mesa de cabeceira, pegou o bilhete de Bernarda e leu: "A primeira reação dele vai ser de susto. Tenha calma, não se impressione. Continue. Você precisa dominá-lo. Aconteceu a mesma coisa comigo quando ele me viu de cabelos cortados pela primeira vez, chegou a me bater…".

Nenê manteve o bilhete apertado na mão, como se dele lhe viesse tudo de que necessitava para quando Julião voltasse.

JULIÃO SE EXPLICA COM O DR. CORTES

— Só pedi a ela para voltar ao normal! Tenho certeza de que ela sabe que inventa essa tolice toda de Bernardas e Coras!

— Até que ponto o senhor deixou que as coisas acontecessem? — indagou o médico.

— Eu, doutor? Eu não fiz absolutamente nada!

O médico encarou-o:

— É capaz de responder a uma pergunta, honestamente, sem se ofender? Precisamos ser francos um com o outro, para ajudarmos dona Nenê. O senhor também tem de colaborar, precisa confiar em mim.

— O que quer saber, doutor?

O médico, cuidadoso, começou a dizer:

— Essa... Bernarda... de que ela tanto fala... será que alguma vez... o senhor talvez... bem... não seria alguma mulher que passou por sua vida?

Julião negou, veemente:

— Não, não... mil vezes não, doutor. Eu não sou homem de ter duas mulheres. Nunca tive casos...

O médico insistiu, com o mesmo cuidado de antes:

— Antes de casar, quem sabe... alguma mulher... que talvez esteja usando outro nome, mas que passou por sua vida...

Julião interrompeu-o:

— Antes de me casar, não me prendi a nenhuma mulher. Tudo era aventura de uma noite apenas. Assim mesmo, em lugares distantes, onde eu não tivesse conhecidos.

— No Rio, por exemplo — insinuou o médico, mas Julião negou:

— Nunca no Rio. Sempre em casas do interior, justamente para não ter comprometimento. Sou um homem muito discreto e muito exigente em questão de mulher e de moral. Divertia-me por uma noite e não queria mais saber da mulher. Sou um homem honesto.

O médico deu um suspiro profundo, Julião perguntou:

— A que o senhor atribui o estado de Nenê... todas essas coisas, enfim?

— Procuro cientificamente uma explicação. Tenho lido muito, tenho estudado... Freud, Charcot, Breuer, Jung... procurando um caminho.

— Encontrou?

O dr. Cortes fez um gesto vago:

— Talvez... não sei. Lendo Freud e Breuer, encontramos casos de desdobramentos de personalidade. Existe o caso de Anna O., paciente do dr. Breuer, que pode ter alguma semelhança com o de dona Nenê. Anna O. foi um caso típico de histeria crônica.

— Qual a semelhança? — quis saber Julião.

O médico respondeu:

— Bernarda de Sá pode ser o nome que dona Nenê arranjou para facilitar o desdobramento de sua personalidade. Como Bernarda, ela teria a coragem de fazer coisas que Nenê, submissa e medrosa, jamais faria. Deu para entender?

— Sim... talvez... é uma explicação, doutor.

— Quando ouviu o nome de Bernarda pela primeira vez?

Julião fez uma longa pausa e respondeu:

— Foi na noite em que ela cortou os cabelos, e eu me assustei. Perdi a cabeça e bati nela. Saí, nervoso, descontrolado. Quando voltei, uns dez minutos depois, esperava encontrá-la vestida e pronta para me dar explicações que justificassem seu gesto. Mas que nada, doutor...

NOVA NOITE DE AMOR

Ele entrou no quarto. A luz estava apagada, Nenê falou:

— Olá... pode acender a luz.

Julião obedeceu, virou-se para ela e a viu deitada, o lençol envolvendo-lhe o corpo, mas os seios à mostra.

— Venha cá... venha — disse ela, a voz sensual.

— Nenê, mas o que você...

Ela o interrompeu:

— Eu explico. Venha, sente aqui.

— Vista-se.

— De jeito nenhum. Converse comigo... venha...

— Você está cínica, atrevida... nunca... nunca a vi assim... — a voz dele trêmula.

— Não é assim que os homens gostam das mulheres? Atrevidas, cínicas e petulantes? Sente, venha.

Perplexo, ele obedeceu. Ela o enlaçou:

— Homem não gosta de mulher submissa, embora se case com as desse tipo. Ele ama mesmo é a outra, a atrevida, a suja, a safada... depravada.

— Você parece uma...

Ela não deixou que ele continuasse, beijou-o, sôfrega, ardente. Embora tentasse resistir, aos poucos ele foi cedendo, deixando-se envolver pelo fogo de uma paixão que também já começava a abrasá-lo.

— Agora pode apagar a luz, se quiser — falou ela.

Ele se ergueu, desligou a luz principal, deixou somente a do abajur acesa, voltou para junto dela, puxou o lençol, viu-lhe o corpo desnudo:

— Eu.... eu estou pasmo. Não acredito que você seja... seja você mesma.

Ela sorriu, enlaçou-o:

— Porque hoje eu não sou Nenê. Hoje eu sou a outra. Não quero ser esposa... quero ser a amante.

— Quem lhe ensinou... tudo isso, hein?

Ela o beijou:

— Bernarda.

— Quem?

— Bernarda de Sá. Sabe quem é?

Ele respondeu:

— Não. Nunca ouvi falar. Quem é?

— Sua amante. A mulher que você ama de verdade.

Ele reagiu:

— Está doida? Não tenho amante, não sei do que está falando.

Ela mentiu:

— Estou caçoando de você.

— Que história é essa de amante?

Ela voltou a mentir:

— Sonhei. O que eu quero é agradar você. — E depois de uma leve pausa: — Gosta do perfume que estou usando?

— Gosto... muito... Muito mesmo.

— Ele lembra... alguma coisa?

Julião respondeu, dominado pela paixão:

— Lembra você... que endoidou... mas que está mais maravilhosa que nunca...

Beijou-a, deixando-se perder, num transporte, a paixão a doer-lhe no peito com uma força insuspeitada.

*

A enfermeira (também irmã de caridade) arrumava a cama de Nenê, enquanto ela, saindo do banho, os cabelos ainda molhados, dizia:

— Naquela noite, ele me amou como nunca. Ouviu, irmã?

Atarantada, evitando olhar para ela, sem saber por que Nenê lhe dizia aquelas coisas, a religiosa se limitava a murmúrios. Nenê continuou:

— Foi incrível. Pela primeira vez, em toda a minha vida, senti que podia gritar de amor, sem nenhuma vergonha... porque o grito é sublime, não é grito, é um esgar de prazer, que não agride, não choca. É bonito, irmã, bonito demais. Está entendendo?

A outra retrucou, nervosa, vermelha:

— Não entendi nem quero entender. Estou horrorizada com as coisas que a senhora tem a coragem de dizer.

— Por que não devo dizer? A senhora não bebe água quando tem sede, não come quando tem fome? Pois então, é uma espécie de matar a sede de prazer.

A irmã benzeu-se e saiu correndo do quarto. Nenê, para secar os cabelos, foi até a janela. Através dela, viu Julião cruzar o jardim, em direção ao carro, que o aguardava. Isabel sentada dentro dele. A expressão de Nenê se tornou dura, enquanto ela dizia:

— Foi bonito, sim, naquela noite. Mas não foi a mim que ele amou... foi à Bernarda...

AS CONSEQUÊNCIAS DE UM CORTE DE CABELO

Na manhã seguinte, durante o café, Julião, ainda sob os efeitos das estranhas atitudes de Nenê, de sua tão brusca mudança, mostrava-se ensimesmado, tomado por preocupações.

— E Nenê? Não vem tomar o café? — perguntou tia Anita, pois todos estavam sentados à mesa, com exceção dela.

Julião não respondeu, ela insistiu:

— Hein, Julião?

Ele continuou calado, a mãe falou:

— Julião, o que há? Sua tia está perguntando.

Só então ele pareceu cair em si:

— Desculpe, tia. O que foi?

— Nenê está doente? Não se levantou até agora.

Impaciente, ele disse:

— Não, está bem, muito bem... ela... já vem... já vem...

Isabel estranhou o jeito dele:

— Algum problema?

Julião foi rude:

— Quantas perguntas! Não há nenhum problema!

Nesse momento, Nenê desceu a escada e aproximou-se:

— Bom dia. Desculpem o atraso.

Sua figura, os cabelos cortados quase causaram pânico entre eles, todos perguntando, a um só tempo:

— O que é isso? Seus cabelos! Que foi? O que aconteceu com seus cabelos, Nenê?

Ela tentou acalmá-los:

— Eu cortei, gente. Não se assustem. É a última moda no Rio de Janeiro, não é, Isabel?

— Que coragem! — exclamou Isabel, enquanto Alceu se voltava para Julião:

— Meu filho, como você deixou?

Antes que ele respondesse, a mãe comentou:

— Ouvi dizer que só mulher da vida usa cabelos cortados. Nunca tinha visto. É mesmo horrível.

— Gente, calma... por favor, calma... — pediu Nenê.

Sem ligar para ela, Alceu insistiu:

— Julião, como você permite?

— Pai, eu... escutem... eu — começou a responder, mas Nenê, tomando-lhe as mãos, interrompeu-o:

— Meu amor... diga a eles que cortei meus cabelos com seu inteiro consentimento.

Nenê estava fazendo um jogo, e Julião sabia disso. Se não concordasse com ela, todos saberiam que ela lhe impusera aquilo, ficaria desmoralizado diante da família, ao passo que, se concordasse, as aparências ficariam salvas. Mesmo assim, aquele era um jogo muito duro para ele, via-se inteiramente nas mãos dela. Por isso, num gesto brusco, jogou o guardanapo sobre a mesa e ergueu-se:

— É... foi... com meu inteiro consentimento...

Em seguida, saiu, gritando para o empregado:

— Aristides! Botou gasolina no carro? Tenho que estar no banco às nove horas!

Seguiu-se um silêncio, todos olhando para Nenê, cheios de asco, enquanto ela, calma, segura de sua força, servia-se de café e pedia:

— Pode me passar o açúcar, por favor?

Tinha se dirigido à tia Anita, que permaneceu imóvel. Isabel, no entanto, compreendendo a verdadeira batalha que ela ganhara, estendeu-lhe o açucareiro, sorrindo:

— Parabéns pela coragem.

— Isabel! — ralhou a mãe.

Daí em diante, um silêncio pesado reinou, só quebrado por um dos empregados, que entrou e entregou um papel a Nenê.

— É um aviso para eu retirar uma encomenda no correio — disse ela.

— Encomenda? De quem? — quis saber Isabel.

E Nenê, guardando o aviso:

— Compras que fiz no Rio de Janeiro.

Nesse momento, Artur entrou, alegre:

— Olá, bom dia. Vim mostrar meu carro novo. Uma baratinha vermelha, zero quilômetro. — Correu os olhos à volta de si: — Julião não está?

Isabel se ergueu, foi para junto dele, excitada:

— Uma baratinha?! Quero ver! — E se encaminhou até a porta. — Nenê, venha ver!

Nenê se aproximou:

— Bom dia, seu Artur.

E ele, olhando muito para ela, admirado:

— Dona Nenê! Está diferente!

— Feia ou mais bonita? — disse com um tom coquete na voz.

Ele respondeu, galante:

— Muito mais bonita! Mas muito mais!

— Obrigada.

— Querem conhecer meu automóvel?

— Eu quero — aceitou Nenê. — Seu Artur podia nos levar até o correio, na cidade. Tenho de pegar uma encomenda que chegou para mim do Rio.

— Mas é um prazer.

Saíram, daí a pouco, Nenê sentada ao lado dele, no banco da frente, Isabel atrás, a baratinha correndo, célere, pela estrada que ligava a fazenda a Valença.

— Estão gostando? — perguntou ele.

— Estou adorando! — exclamou Isabel.

— E a senhora, dona Nenê?

— É da pontinha!

Ele olhou para ela:

— Parece outra, dona Nenê.

Ela se limitou a rir, Artur continuou:

— Com os cabelos cortados, seu rosto aparece mais. Nunca reparei antes como a senhora tem o rosto perfeito. — E depois de uma leve pausa: — Julião deixou?

Ela se abriu com ele:

— Não, ele não deixou. Mas tem de dizer que deixou, para não perder a autoridade.

— E a senhora... sente-se bem? — A indagação dele estava carregada de segundas intenções.

— Como nunca — sorriu ela, enquanto ele ainda lhe dava uma boa olhada, antes de se concentrar novamente na estrada.

Na pracinha da cidade, Artur freou o carro. Perguntou:

— As senhoras querem que eu as acompanhe?

— Não precisa — recusou-se Isabel. — Vou fazer uma compra ali no turco, volto já.

— Eu só vou ao correio — falou Nenê.

Isabel saltou: — Encontro vocês aqui. — E se afastou.

Artur, galante, estendeu a mão para Nenê, para ajudá-la a saltar. Seus corpos quase se roçaram, ele comentando:

— Que perfume gostoso...

— Chevalier... francês...

— O perfume... se parece com a senhora... — tornou ele, a voz quente, melíflua, enquanto ela sorria, afastava-se.

— Volto já.

Nenê deu a volta à praça, passou diante do banco, foi interpelada por Julião, que saía:

— Que besteira é essa, Nenê?

Seu ar era de franca contrariedade.

— Besteira? — repetiu ela, como se não tivesse entendido.

— Vir na cidade com os cabelos... assim! Vai provocar um escândalo!

Ela se mostrou muito segura de si:

— Ora, as pessoas se acostumam — e mudando de tom: — Vou ao correio buscar uma encomenda. Quer me acompanhar?

— Quem a trouxe?

— Artur, em seu automóvel novo em folha.

— Eu não dei permissão para você vir de carro com ninguém — falou ele, agastado.

Ela sorriu, a mesma segurança de antes no rosto:

— Meu amor, é melhor você dizer que deu permissão... isto é, se não quer ser humilhado... Porque agora, meu querido, eu vou fazer o que me der na cabeça...

Sem se conter, ele a segurou pelo braço.

— Nenê, olhe aqui...

Não pôde continuar, contudo, porque Artur, vendo-o, aproximou-se, jovial:

— Julião, fui mostrar meu automóvel para você e não o encontrei.

— Com licença — Nenê aproveitou a deixa, encaminhou-se para o correio.

Artur continuou:

— Venha ver. Tive a honra de trazer dona Nenê e dona Isabel até a cidade. Venha...

Sem alternativa, Julião se deixou arrastar pelo amigo. E teve de fingir interesse, admiração, quando Artur lhe mostrava o carro, falando, orgulhoso, de suas qualidades. Na verdade, Julião não parava de pensar em Nenê, nas transformações pelas quais ela estava passando, no que tudo aquilo representaria. E, pela primeira vez, teve medo de perdê-la, ela, que sempre lhe parecera propriedade sua, exclusiva, agora a adquirir uma liberdade que ele não podia controlar.

E, no momento em que ela saiu do correio e Artur se adiantou, pegou o embrulho e a ajudou a atravessar a rua, Julião teve de se conter para não o agredir. Sentia-o como alguém que invadia indevidamente sua vida, devassava uma intimidade que não lhe pertencia, torturava-o, fazia com que o ciúme, desconhecido para ele até então, o tomasse por inteiro.

Logo Isabel também voltou, os três se acomodaram no carro, rumaram para a fazenda, enquanto ele, inseguro, torturado, teve de permanecer ainda por algum tempo na cidade. Assim que se desvencilhou dos últimos compromissos, no entanto, rumou também para a fazenda, desejoso de ver Nenê, conversar com ela, tentar compreender, enfim, o que estava acontecendo.

NOVO ERRO DE JULIÃO OU UMA VIAGEM INOPORTUNA

Assim que entrou na sala, Julião deu com tia Anita. Disfarçou o nervosismo e perguntou:

— Elas... já chegaram?

— Isabel e Nenê? Já... — Tia Anita assumiu um tom sério, grave: — Queria mesmo lhe falar. Não fica bem, Julião, deixar sua irmã e sua mulher andar de baratinha com esse gabiru do Artur Menezes.

— Ora, titia...

— Ainda mais Nenê, com aquele cabelo curto, provocando as pessoas. Sua mãe não vai mais deixar Isabel andar com ela, até o cabelo crescer de novo.

Julião não se sentiu capaz de ouvir mais nada, deu-lhe as costas e subiu as escadas em direção ao quarto, enquanto tia Anita, balançando a cabeça, resmungava:

— Qual... esse mundo de hoje! Dizem que as mulheres até já fumam cigarro! Como os homens! Só falta elas usarem calças compridas!

Julião entrou no quarto, deu com Nenê guardando no armário o embrulho que recebera, sem abri-lo.

— Que tem esse embrulho? — perguntou.

— Roupas... que comprei no Rio.

— Roupas... — repetiu ele, pensativo.

Ela acrescentou, num desafio:

— Com o meu dinheiro!

Incapaz de suportar aquela guerra surda, de meios-tons, ele se abriu:

— O que há com você, hein?

Ela não cedeu:

— Qual é a queixa?

Ele fez um gesto desarvorado:

— Estou tonto... com tudo... você voltou diferente... outra mulher.

Ela riu, zombeteira:

— Melhor ou pior?

— Não sei... não sei. Já disse, estou atordoado. Você faz coisas... que nunca fez antes... Hoje não precisava ter ido à cidade com Artur Menezes. Aliás, eu a proíbo de sair novamente no automóvel dele.

Ela comentou, sarcástica:

— Seu maior amigo!

Ele reagiu:

— Que amigo! É um peralvilho, conquistador, que está cortejando você!

E ela, zombeteira:

— Ciúmes?

— Não conheço esse sentimento, mas não posso permitir que qualquer sujeitinho arraste as asas para o seu lado. Acho que fui bem claro... eu a proíbo de falar com Artur.

Encarou-a por um instante. Nenê não disse nada, seu silêncio pesando dentro dele como um estigma, Julião sem saber se ela faria ou não o que lhe tinha ordenado. Finalmente, foi até o armário, tirou de dentro uma mala.

— Vai viajar?

A voz de Nenê estava trêmula, ela, enfim, parecendo desarmar-se.

— Por pouco tempo. Tenho de ir até Rio das Flores fechar um negócio de gado. Volto amanhã ou depois. Me ajude a arrumar alguma roupa.

— Ponho camisa para quantos dias? — perguntou ela, ajudando-o.

— Dois ou três, no máximo.

— Deixe-me ir com você — pediu ela, implorante, a Nenê de antes, a que ele desejava redescobrir.

Julião, contudo, sem saber identificar o momento pelo qual tanto ansiara, respondeu, rude:

— Não, não. Mulher atrapalha. E depois... você ia me envergonhar com esse seu cabelo horroroso. Fique, é melhor. E não saia de casa até eu voltar. — Fez uma pausa e completou: — Olhe, é melhor colocar mais camisas.

*

Ignorar o pedido de Nenê para levá-la em sua companhia não foi o único equívoco de Julião. Além desse, ele cometeu mais dois, igualmente graves: em vez de três, permaneceu fora vinte dias e não escreveu sequer uma carta para Nenê, preferindo mandá-las para sua mãe.

— Chegou mais uma carta de Julião — falou Isabel, certa manhã em que as duas colhiam flores no jardim.

— Para sua mãe?

Isabel acrescentou:

— Disse que talvez demore mais uma semana fora.

— Na carta... ele fala em mim?

— Manda mamãe avisá-la, sim.

Nenê ficou desconsolada:

— Ele foi por três dias, mas já faz vinte que está fora... não escreve para mim, não dá satisfação... escreve para a mãe.

— Será que Julião está fugindo de você?

Nenê conseguiu ser sarcástica:

— Talvez espere que meu cabelo cresça.

Isabel olhou para ela:

— No dia em que fomos com Artur à cidade, Julião morreu de ciúmes. Ele está amando você.

— A mim ele não ama.

— Mas você não disse que... que no dia em que chegou do Rio, você e ele, na cama...

Nenê a interrompeu, seca:

— Não foi a mim que ele amou!

— Não entendo...

Nenê mudou de assunto:

— Meu cabelo cresceu, não?

— Um pouco.

— Em que lua estamos hoje?

— Quarto minguante.

Nenê atirou, com raiva:

— Pois vou cortar de novo meu cabelo para não crescer nunca mais!

E correu para dentro, jogando fora as flores que tinha colhido. Subiu para o quarto, trancou-se, colocou sobre a cama os vestidos, uma caixa de joias, a lingerie e os produtos de maquiagem, tudo, enfim, que tinha recebido pelo correio de Bernarda. Depois pegou papel e caneta, pondo-se a escrever para Cora:

> Dona Cora,
> Só agora estou acusando a encomenda que Bernarda me enviou. Diga a ela que recebi tudo direitinho. Li o bilhete gentil que ela colocou junto do vestido preto, *habillé*, por sinal lindíssimo. Agradeço a Bernarda por toda essa preocupação comigo. Ela diz, no bilhete, que usou esse vestido uma única vez, quando foi ao Theatro Municipal com Julião, assistir à *Tosca*, de Puccini. Não sei se terei oportunidade de usar esse vestido tão chique, pois aqui no interior são raras as *soirées* de gala. Adorei também as joias que ela me enviou. Só estou preocupada em pagar tudo isso. Não quero que Bernarda me presenteie com coisas tão caras, não é justo. Por outro lado, Julião está fora há vinte dias, e eu não poderei fazer uso das indicações de Bernarda. Diga isso a ela. Para dizer a verdade, não vi ainda resultado nenhum na minha transformação. O perfume dela só o trouxe para mim uma única noite, assim mesmo ele não confessou reconhecê-lo, pois continuou negando, dizendo que não sabe quem é Bernarda.

Neste momento, bateram na porta, e ela terminou a carta, rápida:

> Tenho de terminar, dona Cora, pois chegou alguém, que está batendo na porta. Enviarei notícias amiúde, logo que Julião volte de viagem. Obrigada a ambas.
> Um beijo de Nenê Vilaça

As batidas na porta insistiram, Isabel dizendo, do lado de fora:

— Nenê! Abra! Tenho novidades!

Nenê dobrou a carta, colocou-a num envelope, guardou-o e abriu a porta, ao que uma Isabel sorridente entrou:

— Artur Menezes esteve aqui há pouco. Veio nos convidar para um sarau, hoje à noite, em sua casa. Vão se apresentar o famoso pianista Ricardo Antunes e a cantora Irma Velásquez. Vou com papai, mamãe e tia Anita. Você vem conosco?

Nenê vacilou:

— Sem Julião?

— Irá em nossa companhia.

Nenê continuou vacilando, até que seus olhos pousaram no vestido sobre a cama. Ela sorriu, animada, e concordou:

— Está certo. Eu também vou.

Pegou o vestido, esticou-o por sobre o que usava e olhou-se ao espelho, sorrindo:

— Chegou mais cedo do que esperava a oportunidade de usar este vestido.

*

À noite, Alzira, Alceu, tia Anita e Isabel, já prontas, esperavam, na sala, que Nenê descesse, quando um empregado entrou, algumas malas nas mãos.

— Quem está chegando? — perguntou Isabel.

— O patrão — respondeu ele, enquanto Julião, vestindo um guarda-pó coberto de poeira, se aproximava e parava ao pé deles:

— Boa noite. Vão a alguma festa?

— Acertou. Vamos a um sarau — disse Isabel.

A mãe acrescentou:

— Não sabíamos que você chegaria hoje, senão não teríamos aceitado o convite.

O pai concordou:

— É fato. Você chegou de surpresa, filho.

— Podem ir. Não se preocupem comigo. Estou aflito por um banho. Estou sujo de pó até a alma. O sarau é na casa de quem?

— Artur Menezes — respondeu Isabel.

— Minha mulher está lá em cima?

Nenê, que já descia a escada sem que ninguém pressentisse, parou ao lado dele:

— Estou aqui, Julião. Que surpresa. Não me avisou que chegaria hoje.

Todos se voltaram para ela, impressionados. Usava o vestido preto, bem ousado, decotado, os brincos, tinha se arrumado com esmero, estava encantadoramente linda.

— Aonde vai assim? — balbuciou Julião.

— Ao sarau, com seus pais.

Ela o beijou, num gesto terno, mas ele pareceu não dar por isso, encarando-a, atônito. Ela respondeu:

— Que é? Está me estranhando?

— Que vestido é esse?

E ela, a voz carregada de intenção:

— Por quê? Você o reconhece?

A FUGA

No sanatório, a irmã abriu a porta do quarto de Nenê, trazendo-lhe, numa bandeja, o almoço. O cômodo estava vazio, ela pousou a bandeja sobre uma mesinha e chamou:

— Dona Nenê? Dona Nenê?

Abriu a porta do banheiro:

— O almoço...

Lá também não havia ninguém. Ela estranhou, vendo algumas peças de roupa e toalhas jogadas sobre o chão de ladrilho. Voltou-se, abriu o armário do quarto; estava vazio.

O coração aos pulos, aflito, ela finalmente compreendeu o que estava acontecendo; saiu do quarto correndo, atravessou o corredor, foi direto à sala do dr. Cortes e abriu a porta:

— Dr. Cortes, desculpe! É uma emergência!

— O que foi, irmã?

— A minha paciente… dona Nenê Vilaça… não está no quarto, nos corredores… em lugar algum. Ela fugiu, doutor… fugiu!

CAPÍTULO 5

O médico se assustou:

— Vou mandar que sejam feitas buscas em todo o hospital.

— Ela saiu, tenho certeza. Levou a mala, doutor.

— Neste caso, eu mesmo vou sair para procurá-la.

Daí a pouco, no pátio do sanatório, ele manobrava o carro, nervoso, ganhava a rua, a seu lado um enfermeiro.

*

Depois de cruzar o jardim e chegar à rua, sem que ninguém interceptasse seus passos, Nenê fez sinal para um táxi, ele parou, ela entrou, o motorista perguntando:

— Para onde, madame?

A verdade é que não estava ali naquele momento; todo o seu ser, todos os seus pensamentos e lembranças estavam voltados para o dia em que tinha ido ao sarau. Por isso, quando o motorista insistiu:

— Aonde vai?

Ela respondeu, sem saber o que dizia:

— Ao sarau.

— Hein? — fez o sujeito, sem compreender, enquanto ela, caindo em si, emendava: — Desculpe, estava pensando... Olhe, eu vou para a cidade. Rua do Ouvidor.

O motorista seguiu com o carro, ela se recostou no assento, novamente tomada pelas recordações, vendo-se diante de Julião, ele dizendo:

— Perguntei onde arranjou esse vestido.

— E eu lhe perguntei se reconhece esse vestido.

— Nunca vi antes. Por quê?

— Porque pensei que ele lhe trouxesse lembranças do passado.

— Você já o usou onde? Quando?

A mãe interveio:

— Gente, que interesse tem o vestido de Nenê?

O pai concordou:

— É isso mesmo. Temos de ir andando.

— Esperamos Nenê no carro, está bem? — falou Isabel, saindo, os outros acompanhando-a, Julião e Nenê agora sozinhos.

— O que tem meu vestido? Não gosta? — perguntou ela, depois de leve pausa.

Ele respondeu, seco:

— É indecente, imoral. Vá tirá-lo. Se quiser ir à festa, vista outra roupa. Assim, você não vai. Já basta seu cabelo, que me faz passar vergonha.

Ela falou, muito segura de si:

— Lamento, Julião, mas não tenho tempo de trocar de roupa. Boa noite, querido.

Caminhou até a porta, enquanto ele gritava, furioso:

— Nenê! Volte aqui!

Ela saiu, daí a pouco ele ouviu o ruído do carro arrancando. Foi até a porta, bateu-a, num gesto cheio de raiva e impotência.

Meia hora depois, Nenê ouvia, inebriada, em meio aos outros convidados, a cantora, acompanhada pelo pianista, interpretar uma ária da ópera *Madame Butterfly*. Formaram uma platcia cducada, elegante, todos em trajes de noite, os homens muito sóbrios, as mulheres enlevadas. Nenê estava sentada na última fila, uma cadeira vaga a seu lado.

Em determinado momento, Artur veio para junto dela, sentou-se e disse, baixinho:

— Está gostando?

— Muito.

E ele, galanteador:

— Esta noite, a senhora está deslumbrante.

Ela deu um pequeno sorriso, envaidecida, com um sinal pediu-lhe silêncio, mas ele, ousado, sem se conter, pegou-lhe a mão. Nenê, surpresa, encarou-o, tentando retirar a mão, mas ele apertou-a mais ainda:

— Perdão, mas... estou ficando louco pela senhora.

Finalmente, ela conseguiu libertar a mão, pôs-se a se abanar com o leque, nervosa, girou a cabeça para a porta de entrada e deu com Julião, que acabava de chegar. Artur também o viu, foi até ele, sorrindo, trouxe-o para junto de Nenê, fê-lo sentar-se ao lado da mulher, afastou-se e de longe ficou olhando para os dois, enciumado. Julião estava elegante, bem-arrumado, belo mesmo. Nenê sentiu orgulho dele, mas ainda estava sob o impacto da audácia cometida por Artur. Julião notou:

— O que aconteceu?

— Nada. Por quê?

— Você está corada demais.

Ela mentiu:

— É a emoção de ver você chegar.

— Vim buscá-la.

— Só irei depois de terminar — falou ela, comentando: — Linda esta ária, não?

— Não é minha ária predileta.

Ela tornou, cheia de intenção:

— Você talvez preferisse que a música fosse da *Tosca*.

— Por que a *Tosca*?

— Você sabe...

— Não entendo o que quer dizer.

Ela fez um gesto gracioso:

— Agora fique calado. Está atrapalhando.

Depois que o recital terminou, foi servido um coquetel; todos, animados, bebendo, cumprimentando os intérpretes, conversando. Artur e Julião estavam a um canto, afastados.

— Pensei que estivesse viajando — disse Artur.

— Resolvi voltar de repente.

Julião estava distante, sem se importar com a conversa, correndo os olhos em torno. Artur percebeu:

— Está preocupado?

— Não... estou procurando minha mulher, para irmos embora.

Artur fez um gesto de cabeça:

— Pois ali está ela.

Julião se virou, deu com Nenê numa roda, cercada por quatro ou cinco sujeitos. Ela ria muito, demonstrava grande satisfação. Artur comentou:

— Indiscutivelmente, dona Nenê é a rainha da festa. Roubou todas as atenções. Parece ser a prima-dona.

— Isso é... simplesmente ridículo.

Julião foi ter com Nenê e segurou-a pelo braço com força. Ela sorriu:

— Olá, querido! — Depois, dirigindo-se aos outros: — Com certeza conhecem meu marido, não?

Cumprimentaram-no, afáveis, Nenê acrescentando:

— Estavam me contando as graças que certo cavalheiro fez para conquistar uma mulher.

Julião não se importou de parecer rude:

— Imagino que seja muito engraçado. Só que vai nos dar licença, temos de ir mais cedo para casa. Vamos, Nenê.

— Os senhores vão nos desculpar — falou ela, enquanto os outros, sem esconder a decepção, despediam-se, um deles comentando, depois de dar palmadinhas amigáveis nas costas de Julião:

— És um homem de sorte...

Ele, sempre pegando Nenê pelo braço, afastou-se. Sua raiva era tanta que a segurava com uma força enorme, a ponto de ela protestar:

— Está me machucando!

Sem ligar, ele praticamente a arrastou para fora dali, a raiva persistindo, mesmo depois de já estarem em casa. Julião bateu a porta do quarto com força, enquanto Nenê reclamava:

— Isto são modos?

E ele, nervoso:

— Devia era ter lhe dado umas boas bofetadas na frente daqueles homens!

— Isso prova que você é mesmo um selvagem.

— É o que você merecia!

— Mas o que foi que eu fiz de errado?

Ele exclamou, revoltado:

— Tudo! Tudo, meu Deus do céu! A começar por esse vestido... indecente...

— É a última moda.

Ele continuou, sem ouvir:

— Esse seu jeito cínico... terminando com seus modos de debochada... rindo, se arreganhando... no meio dos homens. Para fazer bonito, se exibir, ou quem sabe... é, é isso... para me humilhar, me envergonhar. Para me rebaixar ao último dos homens. É isso que você quer, não é? Ridicularizar-me! Porque não existe outra explicação para essa sua mudança súbita.

Ela fez um gesto para se afastar:

— Estou cansada. Vou trocar de roupa para me deitar.

Ele não deixou:

— Nenê, confesse. Não é isso que você quer?

— Ora, Julião... se você fosse mais inteligente...

— O que é que tem?

— Enxergaria a razão da minha mudança súbita. Mas você enxerga, sim, eu sei. Não quer é dar o braço a torcer.

— Existe... existe uma razão?

— Claro que existe.

— Para me humilhar, então? É isso?

Nenê fez uma pausa, acrescentou:

— Ela... costumava humilhá-lo assim?

— Ela... quem?

— Porque foi ela quem me mandou agir assim, e estou seguindo à risca os seus conselhos.

Nenê deu-lhe as costas, começou a se afastar; ele a segurou e virou-a para si, numa sofreguidão:

— Conselhos?! Alguém anda lhe dando conselhos para me humilhar?

Ela respondeu, muito calma, com uma simplicidade que o espantou:

— Ela não me disse que você se sentiria humilhado. Disse que eu o conquistaria. É o que eu quero, conquistá-lo, fazer-me amada, mesmo que para isso tenha que me desfazer do meu próprio eu.

— Deus do céu! Alguém aqui não está regulando bem da bola. Quem... quem é ela? Quem aconselha você? De quem está falando?

E ela, com a mesma naturalidade de antes:

— Você amou... ou ama Bernarda de Sá.

Ele fez um gesto, desarvorado:

— Outra vez o nome dessa mulher!

— Você se casou comigo forçado por sua situação financeira, mas não me amava... porque é a ela que você ama. De mim você tem rancor, porque teve de abandonar Bernarda.

— Escute, Nenê... escute um pouco...

Ela continuou, já agora exaltando-se à medida que falava, uma nítida revolta na voz:

— Mesmo assim, você não suportou e dois meses depois de casado foi procurá-la... jogou-se nos braços dela e viveram um intenso, um grande caso de amor...

Julião, ainda segurando-a pelos braços, sacudiu-a:

— Nenê! Nenê! Pare com isso!

Ela agora quase gritou:

— É a ela que você ama! Eu sei!

— Não estou entendendo nada! Não sei quem é Bernarda... Estou zonzo! Quem lhe contou tudo isso? Quem andou lhe enchendo os ouvidos contra mim? Quem?

Ela respondeu, a voz de novo calma:

— Sua melhor amiga. Cora de Freitas.

— Cora de Freitas... — repetiu ele, desorientado, enquanto ela continuava:

— Você deve conhecê-la também.

— Não conheço Bernarda, não conheço Cora, não tenho outra mulher... Vamos acabar com isso. Vá mudar essa roupa e, por favor, volte a ser a Nenê que eu conheci.

— Mas que você não ama — disse ela, e se afastou, começando a tirar o vestido.

Ele lhe viu os ombros, as coxas, parte dos seios, que a combinação deixava à mostra. Aproximou-se, encarou-a, ela encarando-o também, abandonados os gestos que fazia.

— Você estava linda hoje — disse ele, a voz terna, cheia de desejo. — E enlaçando-a: — Não era a minha Nenê, mas estava linda. — Beijou-lhe o rosto, o pescoço. — Linda, linda... e eu senti ciúmes de você... Eu amo você... eu amo... amo...

Ela se deixou beijar, cedendo a um carinho que também a tomava. Finalmente, Julião confessava seu amor, seu ciúme, mas tudo aquilo vinha envolto em muita amargura, frustração, pois não fora ela quem o conquistara, fora Bernarda, através dela. E eram para Bernarda seus beijos, eram para ela suas palavras de paixão, a Nenê restava o duro papel de ser uma espécie qualquer de intermediária entre o homem que amava e ela mesma. Era uma situação estranha, insólita, ninguém melhor que ela para saber disso, mas ninguém também melhor que ela para saber que, se esse era o meio necessário para conquistar o marido, não abriria mão dele, não cederia, transformar-se-ia em Bernarda e como ela usufruiria o amor de Julião.

E foi como Bernarda que ela viveu aquele momento, e todos os outros e os dias que vieram depois. Deixara de ser Nenê para se transformar por completo na outra, numa Bernarda que agora obtinha tudo de Julião, os dois vivendo um grande caso de amor. A vida para ela ganhou a intensidade da fantasia, era um conto de fadas, uma fita de cinema, na qual a ela e a Julião estavam reservados os principais papéis. Ele, à semelhança de um Rodolfo Valentino, sempre a conquistá-la; e ela, imaginando-se Theda Bara ou Mary Pickford, entregando-se a ele, a seus braços fortes, seus lábios sensuais. As constantes encomendas que recebia de Bernarda, através de Cora, somente faziam aumentar aquela atmosfera de sonho: eram vestidos, lingerie, sais de banho, perfumes, tudo comprado em Paris, coisas que encantavam Julião e que ela ostentava com o orgulho de uma soberana.

NENÊ É LOCALIZADA POR DR. CORTES

Uma vez que o táxi não pôde entrar na Ouvidor, Nenê saltou na rua da Carioca. Quando deu por si, estava diante do Cinema Íris, parada diante de um cartaz que anunciava *Sangue e areia*, a última fita de Rodolfo Valentino. Mas não foi o artista que ela viu no cartaz, foi Julião.

— Meu Deus do céu! — exclamou, espantada.

Um empregado se aproximou, retirou o cartaz, ela dizendo:

— Espere, moço. Esse aí do cartaz... é o Julião?

O sujeito se surpreendeu:

— Quem?

Ela insistiu:

— O homem vestido de toureiro... quem é?

— Rodolfo Valentino, dona. Tá cega?

Ela caiu em si:

— Ah, é mesmo! Que cabeça! Estou... um pouco tonta... acho que são os remédios...

O sujeito levou o cartaz para dentro:

— A sessão vai começar.

Nenê se dirigiu à bilheteria, comprou um ingresso e entrou. Emocionou-se enormemente com o filme, chorou muito na cena em que Valentino abandona a mulher, Pilar, por dona Sol, sentindo na carne o sofrimento imposto à esposa, sofrimento em muito semelhante ao que ela própria sentia. Quando a sessão terminou, saiu, entrou na Ouvidor, caminhou em direção à chapelaria. Estava fechada, somente as vitrines exibindo os chapéus, bonitos, elegantes. Diante delas, dois homens, parados. Nenê atravessou a rua, reconheceu num deles o dr. Cortes. O outro era o enfermeiro.

— Dona Nenê... — disse ele quando a viu.

Ela se deteve à sua frente:

— Que faz aqui?

— Sabia que a senhora viria.

— É, eu... resolvi vir falar com dona Cora.

— Acontece que a senhora não se lembrou que hoje é sábado e que as lojas estão fechadas.

Ela demonstrou surpresa:

— Sábado! É mesmo... como não me lembrei?

Ele acrescentou, amável:

— Não devia ter fugido do hospital, dona Nenê.

— Estou cansada daquela prisão. Tenho de cuidar da minha vida. Dona Cora pode me ajudar muito... preciso encontrá-la.

— Se confiar em mim, prometo que a ajudarei a encontrá-la. — E mudando de tom: — Agora, venha comigo, bem boazinha, paciente e conformada.

— Não me trate como se eu fosse uma débil mental — retrucou ela, irritada.

Ele continuou amável, mas firme:

— Desculpe, mas tem de vir comigo.

— Se eu me recusar?

— Serei obrigado a forçá-la.

Nenê olhou para o enfermeiro. Era um sujeito enorme, fortíssimo, seria capaz de dominá-la com um único dedo.

Ela se resignou, limitando-se a perguntar:

— E dona Cora?

Ele respondeu:

— Olhe, sou mais esperto do que pensa. Enquanto esperava pela senhora, aqui na porta, decidi escrever um bilhete para ela. Fui ao bar, ali perto, redigi... veja...

Estendeu-lhe um pedaço de papel, que Nenê leu:

Quem lhe escreve é o médico de dona Nenê Vilaça. Peço-lhe, encarecidamente, que me procure no Hospital São Fidélis, na Gávea. Preciso falar-lhe, para esclarecer algumas dúvidas no caso de dona Nenê. Assim poderei orientar melhor seu tratamento. Creio mesmo que tudo depende da senhora. Desde já, agradeço-lhe, penhorado. Aguardarei o quanto antes sua presença.

Seu criado,
Dr. Ivan Cortes

— Está bem assim? — perguntou o médico.

Ela lhe devolveu o bilhete.

— Está. Ela não deixará de procurá-lo.

Ele dobrou o bilhete, colocou-o dentro de um envelope e depois o enfiou por baixo da porta da loja, acrescentando, com um suspiro:

— Se Cora existir, claro, não resistirá ao meu chamado... Se existir. — E logo, mais alto: — Vamos. Meu automóvel está ali, na outra rua.

Encaminharam-se para o carro, acomodaram-se nele, o enfermeiro na frente, dirigindo, Nenê e o médico atrás; no colo, Nenê equilibrou a pequena maleta com que tinha fugido do hospital e duas revistas. O médico pegou as revistas:

— Se tivesse me dito que gostava da *Careta* e da *Fon-Fon*, teria mandado comprar para a senhora.

— Gosto de muita coisa que o senhor não pode me oferecer, doutor.

— Por exemplo?

— Minha liberdade — disse ela, o ar triste.

— Chegará a seu tempo.

Olhando para fora, acompanhando com os olhos as poucas pessoas que andavam pelas ruas quase vazias do Centro, ela perguntou:

— Como sabia que eu iria à chapelaria?

Ele sorriu:

— Eu lhe disse que um médico é também um pouco de detetive. E adivinho.

Ela se voltou para ele, também sorrindo, misteriosa:

— Duvido que adivinhe onde estive toda a tarde.

— Pelo seu ar romântico, deve ter ido ao cinema.

— Bruxo!

Ele tornou a sorrir:

— Adivinhei?

Ela fez que sim:

— Vi novamente Rodolfo Valentino. Mas eu não estava bem. Às vezes eu o confundia com Julião. Acho que são os remédios que o senhor me dá. Estão deixando minha cabeça meio tonta.

Ele não concordou:

— Não são os remédios. É seu inconsciente, que deseja ver no herói da fita o seu verdadeiro herói.

— Eu não desejei isso.

— A senhora ainda ama seu marido.

Ela protestou:

— Ah, ah, doutor! Pelo amor de Deus! Eu odeio aquele homem!

— Não está sendo justa...

— Mude de assunto. Este me irrita.

Ele fez uma breve pausa, pediu:

— Conte-me como foi que viveu os melhores momentos com seu marido, depois que assumiu totalmente a personalidade de Bernarda.

Ela suspirou fundo:

— Depois de um mês, eu era a própria Bernarda. Do Rio, vinham informações sobre ela...

Ele atalhou:

— Cora enviava...

— Ambas — concordou ela. — Bernarda enviava-me com sua própria letra instruções de como eu devia proceder. Mudei meu gosto na comida, passei a conhecer bebidas refinadas, iguarias finas, onde comprar em Paris as melhores roupas, marcas de perfume... enfim, todas as coisas supérfluas a que Bernarda dava tanto valor e que faziam dela uma verdadeira dama da sociedade. Passei a receber os amigos de meu marido e recebia também os maiores elogios.

— Ele aceitava tudo isso?

— Aceitava, claro. Passou a ser não mais o marido, mas o amante ardoroso. Amou-me... isto é, amou a nova mulher com verdadeira paixão.

— Alguma vez ele se traiu? — perguntou o médico.

Ela fez que não:

— Em nenhuma vez, em época alguma.

— E a senhora se conformava em... em continuar sendo a outra?

— Não... aquilo tudo não me bastava.

— E a família? Como encarava a nova situação?

*

Depois do piquenique, todos estavam no lugar mais bonito da fazenda. Além dos Vilaça, havia mais um casal amigo e Artur. Em determinado momento, enquanto as mulheres recolhiam as toalhas, Julião se aproximou de Nenê e a convidou para passear com ele à beira do rio. Ela concordou, ele a enlaçou pela cintura, os dois, românticos, afastaram-se. Artur, que não perdia sequer um dos movimentos de Nenê, convidou Isabel a seguir o casal. Os outros, enquanto isso, com os olhos grudados em Nenê e Julião, não puderam deixar de fazer comentários:

— Mas que transformação desses dois — falou tia Anita.

E Alzira:

— Julião e Nenê? Um horror!

Alceu discordou:

— Horror? Não vejo horror. Vejo os dois bem apaixonados. Isso não é horror.

Alzira explicou:

— Digo horror porque vivem agora escandalosamente.

É beijinho pra cá, beijinho pra lá... o dia inteirinho! Ele nem trabalha mais direito.

— Estas coisas não se fazem na presença da família — acrescentou tia Anita, enquanto Alzira continuava:

— Têm um bom quarto com chave para fazerem lá as suas safadezas.

Alceu tentou moderar o tom da conversa:

— Formam um bonito casal, sem dúvida.

Tia Anita perguntou:

— Que bicho mordeu Julião para se arrastar assim na saia da mulher, de repente?

Alzira deu de ombros:

— Não posso saber. Sem quê nem pra quê, ficou enrabichado.

— Acho que ela foi ao Rio de Janeiro para procurar algum terreiro de macumba e enfeitiçá-lo.

Alzira se virou para tia Anita:

— Sabe que até isso me passou pela cabeça?

— Vocês falam demais — disse Alceu, sempre contemporizador.

Alzira não lhe deu ouvidos:

— E onde, diabo, ela foi arranjar tantas roupas bonitas, vindas especialmente de Paris? — E abaixando a voz: — Toda a roupa de baixo dela é de lingerie finíssima! Seda pura! Eu as tive nas mãos! A lavadeira ficou com receio de usar o sabão que fazemos na fazenda. Me chamou para resolver o problema. Mandei buscar depressa sabão de coco, para não estragar peças tão finas...

Enquanto isso, alheios a tudo, Julião e Nenê, como duas crianças, corriam à beira do rio, ele a persegui-la, ela afogueada, soltando gritinhos de satisfação. Em determinado momento, ele a agarrou, os dois caíram, ele sobre ela, beijando-a, com ardor.

Artur, que também corria com Isabel, parou, de súbito, olhando para Julião e Nenê. Isabel também se deteve, caminhou até ele e perguntou:

— O que foi?

— Os dois...

Isabel olhou na direção que ele apontava:

— Ah, estão sempre assim. Meu irmão ultimamente vive se babando por Nenê. O que tem?

— Nada.

Coquete, ela acrescentou:

— Por que não faz o mesmo?

— Com a senhora?! — espantou-se ele.

Ela riu:

— Com quem haveria de ser?

E ele, nervoso, sem jeito:

— Não, não... não vou abusar dos seus encantos, da confiança de seus pais.

— Ninguém está nos vendo — acrescentou ela, num franco oferecimento.

— Perdão... mas... vou me juntar aos outros — falou ele, afastando-se, enquanto ela exclamava, numa decepção:

— Bobo!

Artur se meteu por entre as árvores e sumiu. Ela o procurou com os olhos:

— Artur! Onde está você? Volte, bobo! Não vou tentá-lo! Olhe, você pode se perder aí, no meio das árvores densas! Artur!

Foi tudo inútil, porém; ele não apareceu. Ela pôs-se a caminhar, decepcionada, voltando para junto dos outros. Em determinado momento, olhou para trás, viu Julião deitado sobre Nenê, beijando-a. Continuavam alheios a tudo, vivendo seu próprio mundo, seu próprio desejo, ele dizendo:

— Vamos para casa... no nosso quarto é melhor.

— Está tão bom aqui. Deixe-me ficar mais tempo. Quero passar a noite aqui.

Ele se espantou:

— Sozinha?

— Não, tonto... com você. — E ela riu.

— Vai se resfriar. O tempo está virando. E no nosso quarto é tão mais confortável...

— Você não sabe dar valor à natureza.

Ele acabou concordando:

— Pois então será como você quiser.

— Vá buscar um agasalho para mim.

Ele a beijou novamente, ergueu-se e afastou-se. Sozinha, Nenê fechou os olhos, sentiu-se invadir por uma tristeza enorme. Tinha agora tudo para se sentir feliz, mas era a tristeza que a dominava, de maneira intensa, atordoante. Abriu os olhos, assustou-se; Artur de pé à sua frente. Ela sentou:

— Pensei que estivesse sozinha...

Sem dizer nada, ele sentou ao seu lado, tenso.

— Onde está Isabel? — perguntou ela.

— Não sei.

Ela estranhou sua voz, suas atitudes:

— Sente-se bem?

— Não.

— Precisa de ajuda?

— Preciso da senhora — respondeu ele, a voz rouca.

— De mim? — repetiu ela, sem entender.

E ele, no mesmo tom:

— Só a senhora pode fazer alguma coisa por mim.

— Se estiver ao meu alcance... — tornou ela, ingênua.

— Está. Basta que me ame... um pouco.

— Amá-lo?!

Ele agora não mais se continha, afogueado:

— Estou louco pela senhora... não tenho mais sossego... não durmo mais... não sou mais dono de mim nem dos meus pensamentos... A senhora entrou na minha vida e me tomou todo, por inteiro... eu estou apaixonado pela senhora.

Ela se ergueu, rápida, enquanto ele, imóvel, olhava-a e pedia, súplice:

— Tenha pena de mim, por favor...

Ela balbuciou:

— Eu não sei o que lhe responder... não tenho resposta... Agora me dê licença... vou... vou ao encontro de meu marido...

E saiu correndo, dando com Julião, mais adiante, que voltava, com um xale nas mãos.

— Desistiu? — perguntou ele.

— Desisti.

— Então vamos para casa, é melhor.

Ela acrescentou:

— Vamos, mas eu quero ficar sozinha.

— Que foi que aconteceu?

Ela respondeu, misteriosa:

— De repente... me vi por dentro... e meu eu se revoltou...

— Seu eu? O que quer dizer?

— Você não pode entender. Não me acompanhe, Julião, por favor. Preciso ficar só.

Sob o olhar atônito de Julião, ela se afastou, dirigindo-se à casa. Sem alternativa, ele se juntou aos restantes, puseram-se a conversar, e, daí a pouco, distraído, ele já se havia esquecido da maneira estranha como Nenê lhe dissera aquelas palavras.

O DESESPERO DE NENÊ

Trancada no quarto, Nenê se entregava a um imenso desespero. Tinha conquistado o marido, o próprio Artur apaixonara-se por ela, outros amigos de Julião faziam questão cerrada de tratá-la bem, cortejavam-na veladamente, mas tudo aquilo não lhe trazia a menor satisfação. No fundo de si mesma, sabia que não era a ela a quem prestavam tamanha submissão, era a uma outra, estranha, Bernarda a dominar-lhe o destino, a vida. E ela se via na incômoda situação de estar roubando a personalidade de uma mulher a quem nem sequer conhecia! Se ao menos soubesse quem era ela, se a tivesse visto, as coisas se tornariam mais fáceis, toleráveis. Mas não daquela forma, ela nada mais que um fantoche nas mãos de Cora e Bernarda, a ser manuseada por elas, sem vontade própria, objeto de uma vingança que a fazia ridícula, a se deixar levar como uma criança, um boneco, uma marionete, sem outro poder exceto obedecer ao que lhe era imposto.

Era preciso tomar uma decisão, e ela a tomaria, custasse o que custasse. Voltar ao Rio, ver Bernarda, encontrar-se com ela, saber dela quais as verdadeiras razões de tudo aquilo assumindo as proporções não só de um dever, mas tornando-se um imperativo do qual não mais poderia se esquivar.

Tomada a resolução, teria que encontrar uma oportunidade para ir ao Rio, não podia partir repentinamente, sem um motivo plausível, algo que pudesse convencer Julião. Alguns dias se passaram, ela perdida nessa procura, até que o próprio Julião lhe proporcionasse aquilo de que necessitava, ausentando-se para resolver negócios de gado numa cidade vizinha. Despediu-se dela com paixão, prometendo demorar-se, no máximo, dois dias; ela, com paixão idêntica, comprometendo-se a esperá-lo. Mas, assim que ele lhe deu as costas, correu a arrumar as malas, e Isabel a surpreendeu, indagando:

— Vai viajar?

— Vou.

— Posso saber para onde?

— Vou ao Rio de Janeiro.

— Julião sabe?

— Não interessa.

Isabel insistiu:

— Vai sozinha?

Nenê se voltou para ela:

— Você podia ir comigo. Me faria companhia.

Isabel se negou:

— Não... não posso desta vez.

— Por quê? Não está na época do... tratamento da asma?

Isabel fez um muxoxo:

— Nem me fale nisso.

— Está curada?

— Meu mal agora é outro.

— E o dr. Cardoso? Ele deve estar esperando por você.

Isabel exclamou, cheia de desprezo:

— Bolas para o dr. Cardoso… aquele velho pretensioso, ridículo… depravado.

Nenê se espantou:

— Isabel… você gostava dele.

— Ele me divertia, ensinou-me coisas interessantes. Foi só — disse Isabel, seca.

— Esqueceu-o?

Isabel assumiu outro tom, entusiasmada.

— Nenê, estou amando agora, de verdade. E não preciso ir tão longe para ver meu amor.

— Muito bem. E quem é desta vez o felizardo?

— Artur Menezes.

— Ah… o senhor Artur! — Nenê não pôde evitar o espanto.

Isabel reparou e perguntou:

— Por que a surpresa? Devia ter imaginado logo que as visitas frequentes dele a esta casa são por minha causa.

Nenê retrucou, rápida:

— Sim, sim, naturalmente. Como não pensei nisso?

— Ele está apaixonado por mim.

Isabel fez um gesto vaidoso, enquanto Nenê perguntava:

— Já se declarou?

— Ainda não, mas isso não vai demorar a acontecer. Estamos por pouco… tudo vai depender de uma oportunidade. Ele é muito tímido, medroso. — Fez uma pequena pausa, acrescentou: — Será que você não reparou como o olhar dele é o olhar de um homem apaixonado?

Nenê, contendo-se, respondeu:

— Não… sinceramente… não reparei…

— Estou doidinha por ele. — Nenê se manteve em silêncio, e Isabel insistiu: — Você não diz nada?

— Desejo-lhe boa sorte.

Isabel mudou de assunto:

— O que vai fazer no Rio de Janeiro?

— Vou em busca do meu próprio eu — respondeu Nenê, depois de uma pausa, muito séria.

Isabel riu, sem entender:

— Você sempre com seus mistérios, senhora enigmática! Explique melhor. O que vai fazer?

— Vou disposta a ver Bernarda de Sá, a qualquer preço.

— Ah, sim... novamente essa fulana.

— Preciso conhecê-la, entende?

— Acho bom, senão você vai acabar ficando doida de uma vez!

*

O carro chegou ao sanatório. Nenê e o dr. Cortes saltaram, a irmã correu ao encontro deles e, aflita, dirigiu- se ao médico:

— Ah, encontrou-a, finalmente! Graças a Deus! Foi difícil, foi?

A própria Nenê respondeu, entre irônica e bonachona:

— Não, irmã, não foi difícil. Como vê, não tiveram que usar a camisa de força para me obrigar a voltar.

O médico, gentil, mas com firmeza, levou Nenê para dentro, dizendo:

— Sem perguntas, irmã, sem perguntas. Está tudo bem... tudo muito bem...

A irmã se benzeu, virou-se para o enfermeiro:

— O marido ligou, da fazenda. Tive de dizer que ela havia fugido. O pobre homem ficou meio doido.

O enfermeiro acrescentou:

— Aquele homem é um santo.

E a irmã, penalizada:

— Coitado! Uma vítima! Quem tem uma mulher assim... pobre homem...

O médico conduziu Nenê para seu quarto, fê-la entrar e sentar-se:

— Mais calma?

— Bem mais, fique tranquilo. Estou muito bem. Vá cuidar de sua vida.

Ele se negou:

— Agora tenho a curiosidade de ouvinte. Quero saber o que aconteceu, depois que decidiu vir à procura de Bernarda de Sá, para conhecê-la a qualquer preço.

Nenê retomou o fio da narrativa:

— Bem, tomei o trem sozinha, naquela mesma tarde em que Julião viajou, para escândalo e espanto da família, que não admitia que uma mulher viajasse sozinha. Mas eu estava disposta a tudo, nada mais me atemorizava. Cheguei ao Rio às dez da noite. Tomei um automóvel de aluguel e mandei seguir para Santa Teresa, para a casa de dona Cora. Deviam ser onze horas quando o carro parou à porta da casa dela. As luzes estavam apagadas, parecia não haver ninguém. Mandei o chofer esperar e desci. Toquei a campainha.

Ninguém atendeu, Nenê insistiu. Finalmente, acendeu-se uma luz, um cachorro latiu, uma empregada, enrolada num xale, abriu a porta e chegou ao portão:

— Quem é?

— Nenê Vilaça. Estou procurando dona Cora.

— Não está. Foi ao teatro.

— Permite-me entrar para esperar?

A empregada olhou bem para ela, desconfiada:

— Nenê Vilaça... quem é?

— Sou amiga de dona Cora. Sou do interior, estou chegando agora. Preciso muito falar com dona Cora.

A empregada finalmente concordou:

— Entre.

Nenê foi até o carro, pegou sua mala, pagou e entrou no portão. Daí a pouco estava no interior da casa de Cora.

— A senhora espera sozinha? — indagou a empregada, a voz sonolenta.

— Lógico. Não se preocupe comigo. Está lembrada de mim agora? Estive aqui uma vez, para encontrar-me com dona Bernarda de Sá.

— Eu me lembro. Fique à vontade. Boa noite. Dona Cora não deve demorar.

— Boa noite. Muito obrigada.

A empregada foi para dentro. Nenê se viu sozinha na sala, a procurar alguma coisa, algum detalhe que lhe pudesse revelar, mesmo longinquamente, a presença de Bernarda. Acabou se sentando, pegou uma revista, começou a lê-la. Era o último número da *Careta*, Nenê entreteve-se durante uma meia hora, até que ouviu o ruído de um carro parando, vozes a se despedir, a de Cora nitidamente reconhecível. Instantes depois, a porta se abriu. Cora entrou e espantou-se quando a viu:

— Nenê!

Ela se ergueu, foi ao encontro da outra:

— Não se assuste, estou bem. Cheguei ainda há pouco de viagem e vim procurá-la.

Cora beijou-a no rosto, pegou-lhe as mãos e fê-la sentar-se novamente:

— É um prazer. Você está linda. Estou alegre por vê-la. Conte-me o que aconteceu. Está nervosa? Tem as mãos geladas.

— Preciso muito, mas muito, da senhora.

— Conte comigo para tudo. Tem recebido as encomendas de Bernarda? Como tem se portado seu marido?

— Bem... bem demais. É agora um homem inteiramente apaixonado.

Cora sorriu:

— Está feliz?

— Não... isso não me basta.

— O que falta ainda?

Nenê respondeu, sôfrega:

— Quero ver dona Bernarda, falar-lhe. É importante demais para mim. Entenda, estou imitando uma pessoa que não conheço... estou tomando conta da alma de uma mulher que nem sequer vi.

— Calma... calma... — disse Cora, o ar doce.

Nenê continuou, a mesma sofreguidão de antes:

— Se não a vir, enlouqueço. Ajude-me! Marque um encontro já, agora. Faça alguma coisa.

Cora abraçou-a, terna:

— Pobre criança... eu a compreendo. Acho também que é chegado o momento de você conhecer tudo sobre Bernarda, toda a verdade... e, finalmente, enfrentá-la. Não é justo continuar fazendo isso com você. Agora tenha paciência mais um pouco... arrumo tudo para você dormir aqui. E amanhã, quando acordar, vai ter a grata surpresa de... de conhecer Bernarda. Será a primeira coisa que acontecerá quando despertar.

CAPÍTULO 6

BERNARDA FINALMENTE?

Deitada, no quarto de hóspedes da casa de Cora, Nenê não conseguia dormir, a angústia a dominá-la, a sofreguidão por saber que, no dia seguinte, finalmente, iria ter com Bernarda. Em determinado momento, ouviu vozes. A de Cora era nitidamente identificável, a outra, irreconhecível. Ergueu-se, foi até a porta do quarto e esforçou-se por compreender o que ouvia.

"São apenas murmúrios", pensou. "Mas não há dúvida de que Cora conversa com outra mulher. Deve ser Bernarda... com certeza é Bernarda, que veio, a chamado de Cora. Vai ficar aqui e, quando amanhecer o dia, estará me esperando."

E, voltando para a cama: "Que razões terá Bernarda para viver nesse mistério permanente? Será que a desilusão com Julião abalou tanto sua vida a ponto de transformá-la num enigma? Como será ela? Imagino-a muito bonita. Loura ou morena? Loura ou morena... Talvez... talvez ruiva... Oh, meu Deus, quanta coisa tem me acontecido depois que conheci dona Cora... que sono... dona Cora... que interesse ela tem para ajudar tanto Bernarda? Será só amizade? Estou caindo de sono... amanhã... amanhã... vou... finalmente... conhecer...".

Nenê adormeceu, mas o sono que a tomou foi agitado, repleto de pesadelos, presságios de coisas que não conseguia entender, que pareciam marcar seu futuro de forma soturna, cruel.

O BORDEL

No dia seguinte, acordou muito tarde. Desceu, assustada. Na copa viu a mesa ainda posta para o café. Dirigiu-se à empregada:

— Onze horas! Como é tarde! Por que não me chamaram?

— Dona Cora mandou deixar a senhora dormir bem.

— Ela já saiu?

— Saiu, não pôde esperar. Deixou um bilhete.

A mulher estendeu-lhe uma folha de papel. Nenê pegou-a e leu:

> Nenê, bom dia,
>
> Desculpe não a ter esperado. Deixei-a descansar bem. Fique tranquila, eu lhe prometi, e hoje você terá a resposta tão desejada. Deixo-lhe neste bilhete um endereço, no Centro da cidade, para onde você deverá ir, imediatamente. Espero por você. Lá conversaremos, e você terá a solução para todas as suas dúvidas. Confie em mim. Até logo mais.
>
> Um beijo da Cora

— Meu Deus! Quanta precaução! — exclamou Nenê, amassando o bilhete, nervosa.

— Quer o café agora? — perguntou a empregada.

— Não tenho tempo. Mande buscar um carro de aluguel, por favor! O endereço! — Nenê desamassou o bilhete: — Ah, aqui está! Vou pegar minha bolsa! O carro, por favor!

Algum tempo depois, o táxi se detinha diante do endereço deixado por Cora. Nenê saltou, o carro se foi, e ela ficou olhando a fachada da casa. Tinha dois andares, a porta ao nível da rua, o aspecto pobre, as janelas do segundo andar cerradas, os caixilhos arriados. Nenê procurou uma campainha, uma aldrava, algo com que pudesse se fazer anunciar. Nada encontrando, tentou a maçaneta que, para sua surpresa, girou. A porta se abriu. Ela entrou, viu-se diante de uma escada mal iluminada, sem corrimão, levando à parte superior da casa. Subiu e de repente deu com uma sala luxuosa, diferente do restante, algo semelhante a um pequeno salão de recepção, um espelho grande na parede, um canapé, ao lado dele uma porta acolchoada de veludo vermelho, berrante, em tudo a ideia de um gosto duvidoso, mas deliberadamente procurado. Nenê bateu à porta, e uma criada uniformizada, sem lhe perguntar coisa alguma, fez que entrasse. Ela se viu num salão bem maior do que o anterior, o mesmo requinte duvidoso, uma espécie de lugar para festas, o mesmo veludo berrante nas cortinas, nos sofás, no espaldar das poltronas, dois ou três quadros de cenas campestres nas paredes, um grande lustre pendente do teto. Uma porta, à esquerda, dava acesso a uma sala de jogos, as mesas de baralho dispostas simetricamente, as cadeiras ao redor.

Nenê se voltou para a criada:

— Procuro dona Cora de Freitas.

— Ela já vem. Pode sentar e esperar.

— Dona Bernarda está aqui?

A empregada não se preocupou em ser cortês:

— Já vem, já vem. Senta.

E, dando as costas para Nenê, entrou.

Tensa, desconfiada, mas sem ter ainda noção exata do lugar onde estava, Nenê correu os olhos à volta de si, indagando-se dos motivos pelos quais Cora escolhera aquele local para que se encontrassem.

— Nenê, bom dia. Desculpe-me tê-la feito esperar.

Nenê se voltou, viu-se diante da outra, que afetuosamente beijou-lhe a face:

— Não está zangada comigo por tê-la feito vir até aqui, está?

— Não, se você cumprir a promessa de me apresentar Bernarda.

E Cora, muito séria:

— Nenê, chegou a hora da verdade. Repito que não tenho o direito de enganá-la mais. Trouxe-a até este lugar, porque aqui teremos a presença da pessoa mais importante nesse caso todo.

— Eu sei — falou Nenê, sem conter sua sofreguidão. — Bernarda! Diga que é ela, pelo amor de Deus!

— Um momento.

Cora se virou, deu alguns passos em direção a uma porta, disfarçada sob espessa cortina, abriu-a e falou, para dentro:

— Venha. Nenê está preparada.

Passaram-se alguns segundos até que, por entre a cortina entreaberta, surgiu uma mulher de seus cinquenta e cinco anos, muito maquiada, os cabelos pintados de vermelho, um cigarro numa longa piteira à boca. Vestia um penhoar extravagante; nos pés, chinelos de cetim, grandes pompons atados a eles, balançando a cada um de seus pequenos, medidos passos. Sob o queixo, uma papada, que parecia espraiar-se por todo o corpo obeso, mas que guardava, ainda, traços de uma antiga e poderosa beleza.

A mulher se deteve diante das duas, enquanto Cora dizia:

— Esta é Nenê, esposa de Julião Vilaça.

Um estranho sorriso aflorou aos lábios muito pintados da mulher, ela comentando, a voz gutural:

— Ah... é ela, hein? Hum... bonita mesmo... você não exagerou... — E depois, estendendo a mão para Nenê: — Como vai, menina?

Perplexa, Nenê respondeu ao cumprimento, balbuciando:

— Bernarda?!

Cora sorriu:

— Não, não. É Madame Sá... mãe de Bernarda.

— Mãe... de Bernarda?! Ah, sim, claro... — Nenê se refez. Só podia ser... desculpe...

— Esperava encontrar minha filha? — perguntou Madame.

— Claro. Foi o que Cora me prometeu.

— Eu sei... eu sei...

Madame se voltou para Cora. Nenê insistiu:

— Onde está Bernarda? Por favor, não protelem mais essa agonia.

— Minha filhinha... morreu...

A voz de Madame era impessoal, sem nada que deixasse trair uma emoção mais intensa, as palavras enunciadas por entre uma e outra tragada do cigarro.

Nenê ficou atônita:

— Como... como... morreu?! Quando?

— Não foi ontem nem hoje. Foi há um ano, quando aquele bandido... seu marido... a matou...

— Matou? Quem matou? — Nenê não conseguia esconder o espanto.

— Madame vai explicar. Só ela pode lhe contar tudo — falou Cora.

Nenê não desviava os olhos de Madame, que continuava, a voz não tão impessoal quanto antes:

— Seu marido, Julião Vilaça, assassinou minha filha. Foi há um ano, antes de se casar com você. Bernarda não se conformava com a separação... ele a levou para fora do Brasil. Viajaram até o Uruguai... e lá, numa pequena cidade, quase na fronteira com o Brasil, houve o crime... lá, onde ela foi enterrada.

Nenê se sentia cada vez mais atordoada:

— Não estou entendendo nada, nada. Parece um pesadelo. Será que estou acordada?

Cora tentou tranquilizá-la:

— Está, meu anjo. Sossegue. Está bem acordada. Essa é a verdade sobre Bernarda.

— Não posso acreditar! Julião não é um assassino! Ele não faria isso! Ele pode ser tudo, menos um homem com instintos cruéis!

— Mas ele matou minha filha — reafirmou Madame. — A polícia uruguaia está atrás dele há um ano.

— Se tem certeza, por que não o entregou à polícia?

Madame olhou-a fixamente:

— Porque eu quis, eu desejei que você, a verdadeira mulher dele... a mulher por quem ele se livrou de minha filha... justamente você, o entregasse à polícia. Esperei muito tempo... esperei. Pedi ajuda a Cora, amiga de minha infeliz filha... e juntas... fizemos todo o possível para atrair você, menina, até aqui.

— Entendo. — E Nenê se revoltou: — Foi tudo preparado, armado, planejado para uma vingança completa de sua parte! Sente prazer em que eu, a mulher dele, o entregue à polícia!

Madame fez que sim com a cabeça:

— Creio que você não terá opção, menina.

Nenê conteve um soluço de desespero:

— Por que... por que acham que eu... eu vou entregar meu marido à polícia se não estou acreditando em nada do que estão me dizendo?!

Madame se voltou para Cora:

— Se não acredita, Cora, pior para ela, porque então eu mesma vou entregá-lo. Eu lhe disse, Cora, que não seria fácil convencê-la.

— Não, não, Madame, paciência. Nenê vai pensar bem no assunto. Reconhecerá que ela mesma deve fazer justiça... porque ela mesma foi vítima de Julião.

Nenê perguntou:

— Como é possível? Como ele matou Bernarda... e ficou livre?

Madame respondeu:

— Conseguiu escapar depressa para o Brasil. Usava identidade falsa, claro..., mas existem testemunhas... — Fez um gesto em direção a Cora: — Diga a ela, Cora, das testemunhas que viram o crime e podem reconhecê-lo. Existem recortes de jornais da época... que comentam o crime. Existem os nomes dessas testemunhas que poderão fazer o reconhecimento a qualquer momento. Elas podem acusar Julião! Existe tudo isso, menina, à espera apenas de uma palavra sua, para desmoronar e acabar com aquele canalha! — E depois, no auge da veemência, chorando: — Aquele miserável que acabou com a vida da minha filha! Da minha Bernarda!

O choro a dominou, ela agora totalmente entregue a ele. Cora correu para buscar um copo de água, colocou um remédio qualquer e o entregou a Madame, que, segurando-o na mão, acrescentou, a mesma voz combalida de antes:

— Existem... bilhetes de Bernarda para Julião... e as respostas destes bilhetes... que provam que ele estava com ela na ocasião do crime! Existem até retratos dos dois!

— E onde... onde estão todas essas provas? — balbuciou Nenê.

— Comigo, para serem entregues a você, quando você quiser.

Madame levou o copo à boca, bebeu, sentiu-se afrontada, deu um pequeno arroto, uma crise de soluço a dominá-la. Abanou-se fortemente com o leque. Nenê, os olhos grudados nela, não sabia o que dizer. Madame acabou por se afastar, dirigiu-se a um pequeno bar e serviu-se de uma larga dose de rum, enquanto Cora perguntava a Nenê:

— O que está sentindo?

— Horror... náusea... pavor de tudo isso. Pensar que fui manipulada como um objeto qualquer... por vocês duas!

— Perdoe a Madame. Entenda o seu drama.

— E eu? Ninguém se preocupa comigo?

Cora abraçou Nenê:

— Claro que nos preocupamos. Só queremos que você passe para o nosso lado.

— Os bilhetes escritos por Bernarda, as recomendações, as roupas de Paris, os perfumes... — continuou Nenê, como se não a ouvisse.

Cora não deixou que ela terminasse:

— Tudo, tudo foi preparado por Madame, como se fosse sua filha. Assim ela conseguiu reviver Bernarda. Isso deu-lhe certo prazer... Mas insisti, exigi que hoje colocássemos um ponto-final nessa comédia. Bernarda está morta, e queremos fazer justiça.

Madame, o copo de rum na mão, voltou para junto delas e bebeu:

— O que decide?

— Eu quero as provas contra Julião! — exigiu Nenê.

— Cora, ela está pálida. Cuide dela.

Nenê insistiu:

— Eu quero as tais provas!

Madame bebeu mais um gole de rum:

— Eu lhe darei... esta noite, aqui mesmo. Pode voltar, que as provas serão suas. Quero colocar o destino de Julião em suas mãos. Você será seu juiz. — Virou-se para Cora: — Cora, ela deve voltar aqui esta noite.

— Por que não agora? — insistiu Nenê.

— Porque vou pegar as provas, que estão em outro lugar. Você as terá, à noite. Volte aqui. Vou esperar. Será bom para você.

Madame se afastou, os passos lentos, os pompons a balouçar.

— Nenê, eu... eu sinto tanto por tudo isso... — falou Cora.

Nenê sentiu uma nuvem toldar-lhe a visão:

— Não estou passando bem...

— Eu levo você. Venha, querida...

— Por que fizeram isso comigo? Por que eu? Que culpa eu tenho... se ele matou Bernarda?!

— Culpa nenhuma, nós sabemos disso, mas ela quer que você seja o juiz de Julião.

Pegando-a pelo braço, encaminhou-se para a porta de saída. Algum tempo depois, o carro de Cora se detinha diante da residência de tia Eulália, Cora perguntando:

— É aqui?

Nenê fez que sim com a cabeça, e Cora prosseguiu:

— Cuide-se bem. Pense em tudo com calma. Resolva. Você não é obrigada a fazer nada contra seu marido. Se prefere, volte para o interior hoje mesmo e deixe as coisas correrem como Deus quiser.

— Quero aqueles documentos — falou Nenê, com determinação.

— Você não está sendo obrigada a coisa alguma. Só faça o que seu coração mandar. Adeus, querida.

Nenê saltou e entrou, o carro partiu.

ONDE APARECE ARTUR

Nenê entrou na sala e jogou a bolsa com raiva sobre uma cadeira. De repente, voltou-se em direção à janela e viu um homem parado, olhando-a. Exclamou, num susto:

— Seu Artur!

— Dona Nenê... estava esperando pela senhora — disse ele, a voz trêmula.

Sem se controlar, à procura de amparo e proteção, ela se abraçou a ele:

— Que bom! Que bom encontrar o senhor aqui! Eu precisava de uma pessoa amiga... precisava!

Ficou alguns momentos assim, abraçada a ele, um náufrago à procura de salvação, os soluços a dominá-la. Aos poucos, refez-se, soltou-o e limpou as lágrimas do rosto:

— Desculpe... estou muito nervosa.

Ele balbuciou, na voz um misto de temor e carinho:

— Vim procurá-la... soube que tinha viajado para o Rio... fiquei descontrolado... tinha de vê-la.

Compreendendo o que ele queria dizer, ela retrucou:

— Não faça isso... por favor, não alimente ilusões... não, isso não...

— Mas eu a amo. Estou aqui para lhe dizer isso. Eu a amo. Estou disposto a tudo pela senhora. Diga, o que posso fazer? Por que esse desespero? Eu... eu me sentirei bem se puder ajudá-la, de qualquer jeito... preciso, entende? Preciso fazer alguma coisa!

Com ar cansado, ela se deixou cair numa cadeira, enquanto ele, ardoroso, aproximava-se e tentava fazê-la tornar a si:

— Olhe bem para mim. Conte. O que a tortura? O que lhe aconteceu?

*

No sanatório, a enfermeira entrou na sala do dr. Cortes:

— Doutor, está aí o sr. Artur Menezes.

— Ah... mande-o entrar.

A enfermeira saiu, daí a pouco Artur estava diante do médico.

— Dr. Ivan Cortes? Muito prazer.

O médico estendeu-lhe a mão:

— O prazer é meu. Sente-se. Creia, estava esperando pelo senhor. Por coincidência, neste exato momento eu me lembrava da descrição de dona Nenê sobre o senhor.

Artur acomodou-se na poltrona:

— Como está ela, doutor?

O médico fez um gesto vago:

— Vai indo... Sem alteração, nem para melhor, nem para pior. Como sabe, mandei chamá-lo porque estamos diante de uma dúvida imensa. O caso de dona Nenê é contraditório, dúbio. Não sabemos com quem está a verdade. Quero conhecer a verdade. Quero conhecer a sua versão, o que houve entre o senhor e ela desde quando começou a vir ao Rio para vê-la.

— Ela... lhe contou? — perguntou Artur, desviando os olhos do médico, envergonhado.

— Em parte. Não se acanhe, sei dos sentimentos que o senhor alimenta por ela.

— É independente da minha vontade, doutor — Artur não podia disfarçar sua tortura. — Tentei fugir, tentei muito, mas... eu a amo de fato, doutor.

— Acredito. Como o senhor a encontrou quando chegou ao Rio da primeira vez?

— Cheguei, e ela não estava em casa; esperei-a. Ela chegou, tomada por uma crise nervosa. Agarrou-se a mim e teve um desabafo. Depois, tentei saber o que a havia deixado naquele péssimo estado.

— Ela lhe revelou?

— Uma história fantástica. Alguém lhe havia contado um crime. O crime de Julião. Disseram a ela que Julião havia assassinado uma tal de Bernarda, um ano atrás. Achei a história absurda, mas ela insistia em dizer que existiam provas.

*

— Que provas são essas? — perguntou Artur, enquanto Nenê, com nítido sofrimento nos olhos, continuava sentada à sua frente.

— Bilhetes de Julião para Bernarda — respondeu ela — e vice-versa, quando ela se encontrava na cidade do interior do Uruguai... retratos dos dois na mesma cidade... nomes de testemunhas que viram o crime e estão dispostas a reconhecer Julião... O senhor entende? Vou ficar de posse desses documentos e terei de entregar Julião à polícia! Eu, sua própria esposa, terei de mandá-lo para a cadeia!

Ela perdeu novamente o controle, os soluços voltaram a dominá-la. Artur se ajoelhou a seu lado, tomou-lhe as mãos:

— Tenha calma... tudo isso pode não ser verdade.

— Mas é verdade! Vou ter as provas esta noite! Elas não iam mentir!

— Elas quem?

— A mãe de Bernarda e dona Cora! Elas prepararam tudo para eu castigar Julião!

— Se a senhora não quer, a senhora não é obrigada.

Ela retrucou, torturada:

— O caso... é que eu acho que ele merece. Só não sei se terei coragem para tanto.

Artur continuava segurando-lhe as mãos:

— Está tremendo. Vou ver com a criada um chá de flor de laranjeira para a senhora.

Ele se ergueu:

— Dona Eulália não está em casa?

— Não. Estou só com a empregada.

Artur foi em busca da criada.

*

— Consegui fazê-la tomar o chá, no qual coloquei algumas gotas de absinto, que peguei com a empregada. Uma hora depois, ela estava dormindo, e a colocamos na cama. Verdadeiramente, estava fora de si, acreditando naquela história absurda do crime de Julião.

— E o senhor acreditou? — perguntou o médico.

— Ficou a suspeita. Ela não podia ter inventado tudo aquilo de forma tão clara.

— E depois?

Artur respondeu:

— Deixei-a dormindo. Voltei à noite, esperando encontrá-la mais calma...

*

— Ela não está — disse a empregada, assim que ele acabou de entrar.

— Não está?! — perguntou ele, atônito.

— Saiu feito uma doida, agora mesmo — explicou a mulher. — Disse que tinha um encontro.

— Encontro?!

— Disse que tinha de apanhar uns papéis muito importantes, não entendi bem. Arrumou-se de qualquer jeito, pediu para chamar um carro de aluguel. Não quis jantar. Olhe, ela ficou sem comer o dia inteiro. Estou aflita para a minha patroa chegar de viagem. Essa esposa do sobrinho dela parece que não regula da bola.

— Onde ela foi pegar esses papéis?

— Não sei. Isso, ela não disse.

— A senhora me permite entrar no quarto dela, para ver ao menos se descubro onde ela foi? Pode estar precisando de ajuda. Uma mulher sozinha, de noite, por este Rio de Janeiro…

A empregada assentiu e o levou até o quarto. Começaram a vasculhá-lo, até encontrar a bolsa de Nenê. Artur a abriu, deu com um papel amassado:

— Aqui está a anotação de um endereço, no Centro da cidade. Não sei se é este. Vou tentar.

— Ela chegou da rua de manhã com esta bolsa — falou a empregada.

— Então deve ser este endereço mesmo.

Artur, apressado, se encaminhou para a porta e saiu. Na rua, tomou um táxi. Daí a pouco estava diante do bordel de Madame Sá. Subiu as escadas, bateu à porta. De dentro vinha um vozerio, o som de um tango. Ele bateu novamente, a porta se abriu, diante dele uma moça bonita, jovem ainda, num elegante vestido de noite.

— Seja bem-vindo — disse com um sorriso.

E ele, embaraçado:

— Dona Nenê Vilaça… está aí?

Sem responder, a moça fez com que ele entrasse. Artur se viu diante de vários pares dançando, no primeiro salão, enquanto, no outro, jogava-se, as mesas cheias. Embaraçado, olhava para tudo aquilo, sem poder acreditar que Nenê estivesse mesmo ali. A moça continuava parada à sua frente, em silêncio. Por fim, perguntou:

— Alguma moça especial?

— Como?

— Essa Nenê Vilaça… é novata?

E ele, muito nervoso:

— Não… não pode ser… não sei do que está falando.

— Porque eu não conheço. Vou chamar Madame. Espere um pouco, está bem?

Ela se afastou, ele correu os olhos à volta de si, cada vez mais espantado. Madame se aproximou:

— Boa noite. Muito prazer. Sou Madame Sá.

— Prazer. Estou procurando...

Ela o interrompeu, um meio sorriso nos lábios:

— Eu sei. Nenê Vilaça. Marcaram encontro aqui?

Ele negou, veemente:

— Não! Vim atrás dela porque... porque sou amigo da família e... bem, estou muito assustado. Ela está aqui?

— Claro. Não se sentiu bem, então mandei que a levassem para um lugar sossegado. — Madame sorriu, melíflua. — O senhor pode vê-la se quiser.

— Por favor.

— Acompanhe-me.

Madame atravessou o primeiro salão, dobrou à esquerda, tomou por um corredor ladeado de quartos, Artur a seguia, o coração aos saltos, as pernas trôpegas, os olhos mal-acostumados à penumbra que envolvia tudo. Madame finalmente parou diante de um dos quartos e abriu a porta:

— Entre. Sem receio.

Ele obedeceu, viu Nenê deitada numa cama ampla, de casal. Madame notou-lhe o embaraço. Sorriu, encorajadora:

— Fique bem à vontade. A casa é sua.

— O que ela tem?

— Quis beber champanhe. Parece que não tem costume. Ficou meio grogue, coitadinha... mas isso passa. Mando vir champanhe para o senhor também?

Ele tentou impedi-la:

— Por favor... não, espere...

Com o mesmo sorriso malicioso de antes, ela lhe deu as costas e saiu, encostando a porta. Nenê, mesmo vagamente, percebeu o movimento à sua volta, abriu os olhos, sentou-se na cama:

— Quem é?

Ele se aproximou:

— Dona Nenê... o que foi isso?

Ela respondeu, meio tonta, uma forçada jovialidade na voz:

— Olá... seu Artur Menezes... que surpresa! Parece que está me seguindo, hein?

— Como se explica? A senhora... num ambiente como esse! O que lhe está acontecendo?

Ela retrucou, agora a voz sem esconder uma grande revolta:

— Que tem o ambiente? É da pontinha! A gente canta, bebe, dança, sem repressão. Aqui você pode pôr os podres para fora... pode fazer da sua vida o que quiser. Ande, seja você mesmo! Faça o que tem vontade... foi o que Madame disse. Faça você também tudo que lhe vem à cabeça. Sem medo. O que tem vontade de fazer? Diga!

Nenê virou o rosto para o lado, escondendo as lágrimas, enquanto Artur, a voz trêmula, falava:

— Eu... tenho vontade de beijá-la. Mas... não posso! Amo-a demais para me aproveitar de sua fraqueza.

Ela o encarou, num desafio:

— Faça o que tem vontade. Dê liberdade aos seus desejos!

— E seu marido? Não pensa nele?

— Ele não merece outra coisa.

Ficaram assim calados, tensos, olhando-se por um tempo que a ele pareceu interminável. Então, em determinado momento, curvando-se, puxou-a contra si. A mulher abandonou-se toda em seus braços enquanto ele murmurava, a paixão a tomá-lo de forma quase insuportável:

— Dona Nenê... Nenê... Nenê... minha vida... como eu a amo! Como eu a amo!

*

— Perdi a razão, os sentidos — falou Artur, o médico ouvindo-o atentamente. — Ela também. De minha parte, eu sei, era amor. Da parte dela, tenho a certeza, era apenas revolta. Horas depois, quando recuperei a razão, levantei-me. Nenê estava dormindo. Acordei-a e queria tirá-la daquele lugar, levá-la para casa. Obriguei-a a se levantar, trocar de roupa, para irmos embora. No momento, porém, em que íamos sair, entrou a tal Madame e pediu para falar comigo a sós. Fui ter com ela numa sala à parte enquanto Nenê me esperava.

*

— O senhor me deve dois mil-réis — falou Madame, desconsiderando qualquer espécie de rodeio.

Ele se espantou:

— Do quê?

E ela, profissional:

— Divertiu-se, não?

— Mas dona Nenê Vilaça...

Madame o interrompeu:

— Ela vai ficar. É minha... "hóspede".

Ele se espantou mais ainda:

— Como... "hóspede"? O que está querendo me fazer entender?

— Entenda o que quiser. O senhor me deve dinheiro, e ela vai ficar.

— Darei parte à polícia — ameaçou Artur.

Madame, porém, não se deixou impressionar:

— Faz muito bem. Deve dar mesmo, provocar um escândalo. Assim o marido dela vai tomar conhecimento de tudo. É seu amigo, não?

— Meu Deus! — exclamou ele, vendo-se totalmente perdido.

— Dois mil-réis, se quer ir por bem. Se não quiser pagar, vai-lhe sair muito mais caro. — Havia um insuportável tom de ameaça em sua voz.

Revoltado, Artur tirou o dinheiro da carteira e o jogou sobre a mesa.

— Muito bem! — exclamou Madame. — Pode voltar amanhã, se assim o desejar. Boa noite. — E depois, virando-se para a porta, chamou: — Ortiz!

Um imenso leão de chácara apareceu, e ela disse a ele:

— Acompanhe o cavalheiro até a porta. Chame um carro para ele. Ele pagou bem e tem o direito de voltar quando quiser.

Revoltado, Artur saiu, acompanhado pelo sujeito.

*

— Foi horrível ver Nenê naquela situação. Cheguei a achar que tudo aquilo não passava de um golpe da dona do bordel, para atrair Nenê e jogá-la naquela vida desvairada.

— E o senhor não fez nada para tirá-la de lá? — perguntou o médico.

— Eu estava muito comprometido. Estava doido por ela e havia traído meu melhor amigo. Não sabia o que fazer... se devia voltar para o interior e contar tudo a ele ou se devia ficar para ter com ela mais uma vez. Optei pela segunda hipótese. Sem ação, esperei uma semana, mas não aguentei e voltei àquele antro, onde Nenê se encontrava, depois de passar oito dias quase sem dormir.

*

A mesma moça veio atendê-lo à porta, só que, desta vez, dizendo, com um sorriso:

— Já sei quem é Nenê.

— Onde está ela?

Artur correu os olhos pelo salão, sem dar com Nenê. Havia, como antes, muita animação, os homens agarrados às mulheres, alguns pares dançando.

A moça respondeu:

— Ali, divertindo-se. É a mais animada. Veja... aquela que tem um bonezinho na cabeça.

Artur olhou na direção que ela indicava e viu Nenê, alguns homens cercando-a, dançando, num rebolar exagerado, sensual.

A moça continuou:

— Ela é muito engraçada. O boné é do seu companheiro. Desde que ele chegou, ela o retirou e colocou na cabeça. Disse que é outra mulher e pensou em ser chamada de Nenê Boné. Mas, para ficar mais afrancesada, acabou se decidindo por Nenê Bonet.

— É difícil de acreditar.

Artur se aproximou de Nenê. Assim que o viu, ela parou de dançar e tirou o boné da cabeça, entregando-o ao sujeito. Correu para o quarto.

O camarada olhou para Artur e protestou:

— Ei, o que você fez? Ela estava acompanhada!

Sem ligar para ele, Artur foi atrás de Nenê e parou diante da porta. Estava trancada. Ele bateu:

— Nenê! Abra! Quero lhe falar!

— Vá embora! Não quero vê-lo!

— Nenê! Nenê!

*

— Ela não me atendeu. O leão de chácara apareceu e convidou-me, "gentilmente", a sair. Obedeci. Saí, desorientado, sem saber o que fazer. Chamar a polícia para tirá-la de lá à força? Seria provocar um escândalo com seu nome, não tinha o direito de fazer isso.

O médico perguntou:

— Voltou à casa de Madame Sá? Viu-a outras vezes?

Antes que ele respondesse, a porta da sala se abriu. Nenê entrou, dizendo, sem dar pela presença de Artur:

— Olha aí, dr. Cortes, o senhor diga para aquela enfermeira suja que eu não sou qualquer uma, não!

Nesse momento, olhou para Artur, os dois a se encarar, emocionados, e ele murmurou:

— Nenê...

— Artur! O que está fazendo aqui?

— Eu... eu vim... a chamado do dr. Cortes... esperava uma oportunidade para vir... visitá-la.

Ela não disfarçou mágoa:

— Não viria se ele não tivesse chamado. Eu sei.

— Viria, sim, viria. Você... está passando bem?

— Como Deus quer — e logo, fazendo menção de se retirar: — Tive prazer em vê-lo.

— Nenê... escute...

— Tenho pressa...

Ela se encaminhou para a porta, dizendo para o médico:

— Depois falo com o senhor, doutor.

— Espere... preciso lhe falar... — insistiu Artur, mas ela, sem lhe fazer caso, saiu.

Ele se voltou para o médico:

— Por que ela não quis falar comigo?

— Não espere dela reações normais.

Artur não se conformou:

— Me dá licença de ir procurá-la, doutor?

— Faça como quiser.

Ele saiu apressado, correu todo o jardim, perguntou a várias enfermeiras se não tinham visto Nenê, mas, diante de respostas sempre negativas, acabou cansando, desistiu, foi embora.

AS RAZÕES DE NENÊ

O médico sabia onde ela estava. Assim, quando viu Artur cruzar o portão, saiu de sua sala, foi até a capela e sentou-se ao lado de Nenê, que estava acomodada num dos bancos. Depois de longo silêncio, perguntou:

— Por que fugiu do sr. Artur Menezes?

— O que ele lhe disse?

— Tudo... sobre o que aconteceu entre vocês, na casa de Madame Sá.

Havia indisfarçável revolta na voz de Nenê quando ela disse:

— Não pense que conheci só ele de homem. Conheci muitos outros, muitos. Até perdi a conta.

— Com esta atitude, a quem você pretendia agredir? Artur ou Julião?

Sua voz ganhou um tom surpreendentemente terno:

— Não, não. Artur, não. Com ele foi muito diferente. Ele me tratou... como gente. Fui para ele algo mais do que uma mulher perdida naquele antro. Ele me amava. Senti carinho verdadeiro, afeto, emoção, sentimento... ele me amou com muito sentimento. Não foi apenas mais um amante. Ele foi um homem, no melhor sentido da palavra. Deu valor ao meu sofrimento.

— Se reconhece tudo isso, por que fugiu, agora mesmo?

— Porque não o mereço. Ele é bom e puro demais para mim.

— Você gostava da vida em casa de Madame Sá?

Ela não titubeou em responder:

— Eu me vingava. Em cada homem com quem dormia, eu agredia Julião. Era como se o matasse todas as noites... lentamente... lentamente.

— E os tais documentos tão importantes que lhe prometeram? Foi tudo pretexto para atraí-la ou existiam de fato?

— Naquela noite voltei lá para buscá-los...

*

Assim que entrou, Nenê deu com Cora, a esperá-la:

— Foi pontual.

— Vim buscar os documentos.

— Madame a espera. Venha.

Cora levou Nenê até o escritório de Madame e abriu a porta:

— Madame, com licença. Nenê está aqui, aflita. Posso fazê-la entrar?

— Pode.

Cora pegou Nenê pelo braço, ela entrou, Madame dizendo:

— Boa noite, menina.

Nenê foi brusca.

— Nada de meias-palavras. Quero o que me prometeu.

— Vai entregar seu marido à polícia? — perguntou Madame.

— Vou pensar. Antes, quero saber se não estão me enganando mais uma vez.

Madame sorriu, abriu a gaveta da escrivaninha e tirou de lá um grande envelope lacrado, que entregou a Nenê.

— Eu não engano ninguém. Está tudo aí. Se tiver coragem, abra e terá a maior desilusão de sua vida, menina.

Nenê, trêmula, o envelope a lhe pesar nas mãos, limitou-se a ficar olhando para aquela estranha mulher. Não sabia o que fazer.

CAPÍTULO 7

Nenê, por fim, desviou os olhos da velha, correu os dedos pelo envelope e exclamou:

— Está lacrado...

— Pode abrir quando quiser — falou Madame.

Cora se adiantou, tensa:

— Não aconselho! Por que mais sofrimento para essa pobre moça? Não devíamos evitar mais essa tortura? Não parece que estamos passando dos limites do bom senso? Estamos sendo desumanas, Madame!

Nenê se deixou cair sobre uma cadeira:

— Não, Cora... deixe, deixe... se tem de ser... agora preciso coragem para ir até o fim.

Madame deu de ombros:

— Se não quer sofrer, ela pode ir daqui diretamente à polícia e entregar estes papéis. Deixe que a própria polícia faça o resto.

— Deixem-me ficar com isso — pediu Nenê, a voz fraca, enquanto Madame advertia:

— Agora estas provas lhe pertencem. Só a previno de uma coisa: se sair daqui com este envelope, terá de ir diretamente à delegacia mais próxima. Se quer sair sem o envelope, vá para onde quiser, mas mc dará o direito de entregar eu mesma Julião.

— Madame, não a torture — pediu Cora.

A outra insistiu:

— Ela pode pretender ajudar aquele miserável.

— Não, não vou ajudar — garantiu Nenê. — Dou-lhe minha palavra. Se ele matou Bernarda, não merece nenhuma piedade. Só peço para me darem tempo... para decidir o que fazer.

— Você terá o tempo que desejar — falou Madame.

Nenê tirou um lencinho da bolsa, enxugou o suor do rosto, Cora a seu lado, perguntando, preocupada:

— Sente-se bem?

— Não... estou suando frio... um pouco tonta...

Cora pegou-lhe as mãos:

— Oh, meu Deus! Ela está gelada, Madame.

— Deve ser a emoção. Leve-a para o quarto, cuide dela, dê-lhe um bom gole de conhaque. Dentro de poucos minutos, estará bem de novo. Nenê, você vai ter de ficar aqui... enquanto não decidir o que fará com estas provas contra seu marido.

Cora ajudou Nenê a se levantar:

— Ela já entendeu, não é preciso insistir. Nós cuidaremos bem dela. — E saindo com ela: — Venha, querida... trate de descansar um pouco. Logo, logo, estará melhor.

Cora guiou-a pelo corredor, abriu a porta de um dos quartos, fê-la entrar. Nenê deixou-se levar, caminhou até a cama, sentou-se desconsolada, o envelope na mão, enquanto Cora lhe preparava o conhaque:

— O que eu faço? O que eu faço, Cora?

A atitude de Nenê era de total desconsolo.

— Só lhe digo uma coisa: no seu lugar, eu não abriria o envelope. Não sou masoquista, não devemos procurar mais sofrimentos. Vai se deparar com coisas... absurdas... fotos de Julião e Bernarda, que chocam qualquer um, por mais depravado que seja. Deixe o envelope lacrado e só o use se decidir entregá-lo à polícia.

Nenê se ergueu, foi até a penteadeira, abriu uma das gavetas e guardou, trancado, o envelope ali, os gestos resolutos:

— Vou seguir seu conselho. Nunca mais quero me torturar.

Cora sorriu, ofereceu-lhe o conhaque, que ela tomou, de um só trago.

— Julião há de me pagar! — disse Nenê. — Em seguida, viu um maço de cigarros sobre a penteadeira, tirou um, perguntando: — Como se faz para fumar essa... essa coisa?

— Eu lhe ensino.

Cora lhe acendeu o cigarro, sorrindo, parecendo extremamente satisfeita com a nova Nenê que via surgir à sua frente, uma Nenê desabrida, audaciosa, muito diferente daquela mulher fraca e insegura de ainda há pouco.

Nenê sorveu a fumaça do cigarro, mas de maneira canhestra, desajeitada, sem tragar. Cora tomou-lhe o cigarro das mãos:

— Assim não. Preste atenção, eu lhe ensino. Olhe... primeiro, puxe a fumaça... depois aspire fundo... assim...

*

Na capela, os olhos baixos, sem encarar o médico, Nenê prosseguiu em sua narrativa:

— Levada pela revolta, dei o primeiro passo, naquela mesma noite. Horas depois, quando eu descansava no quarto, pensando no que fazer de minha vida, Madame Sá entrou, sorridente, trazendo um bonito vestido de noite, bem ousado, com sapatos e enfeites para o cabelo...

*

— Menina, veja, trouxe para você usar — falou Madame, mostrando um belo vestido preto, sandálias de salto alto, egretes para o cabelo.

Nenê sentou-se na cama:

— Para quê?

E Madame, sorrindo:

— Estou convidando você para tomar parte na nossa festa desta noite.

— Algum motivo especial?

— Uma das minhas meninas faz aniversário. Ela quer que você compareça. Teremos muito prazer se aceitar nosso convite.

Madame exibiu o vestido:

— O que acha?

Nenê se levantou da cama e o pegou.

— Bonito.

Madame, sempre sorrindo, encaminhou-se para a porta:

— Vista-o. Fique bem bonita. Nós a esperaremos com prazer.

E, jogando um beijinho com a ponta dos dedos, saiu. Nenê, sempre segurando o vestido, aproximou-se do espelho e começou a trocar de roupa...

*

— Não percebeu quem era, na realidade, essa tal Madame Sá? — perguntou o médico.

Nenê respondeu:

— Reparei que, para uma mulher que tinha perdido uma filha em circunstâncias trágicas, um ano antes, Madame repentinamente me pareceu muito alegre. Mas reconhecia que, de uma mulher como ela, era possível esperar tudo. Não era tola e ingênua a ponto de não perceber quem era e o que representava aquela casa. Tratava-se de um bordel e da respectiva dona. Bernarda podia ser sua filha, e Cora era, de fato, sua melhor amiga. Ambas combinaram tudo para me atrair àquele antro de perdição e me entregar as provas contra Julião. Havia também uma intenção de vingança ainda maior: fazer de mim uma das meninas daquela casa. Percebi isso logo que ela entrou com o vestido preto e as egretes vermelhas para o cabelo. — Nenê fez uma pausa, encarou o médico, desafiadora: — Mas por que não deixar que a vingança se concretizasse? Quais os valores morais que me prendiam naquele momento e a quê? Fiquei pronta, me maquiei bem, estava bonita. Tomei um trago de conhaque para dar coragem e acendi um cigarro. Era o começo, era o que esperavam de mim. Aceitei conscientemente, como se estivesse caminhando para um abismo. Vi-me diante do espelho e era outra mulher. Tive um ataque de riso. Era como se desafiasse a imagem à minha frente, dizendo para mim mesma: "Nenê, onde está Nenê? Cadê a Nenê ingênua e fraca de antes? Onde está Nenê?". E, quando uma das meninas veio me buscar, a pedido de Madame, segui com ela, quase alegremente.

A INICIAÇÃO OU UMA FESTINHA ÍNTIMA

Havia muita gente no salão: políticos, pessoas importantes, Sampaio ao piano com um boné na cabeça, música animada alegrando a todos.

Madame recebeu Nenê de braços abertos:

— Menina, você está muito bem... Uma graça.

Virou-se para as outras garotas:

— Bonecas, vejam quem veio nos dar a honra... Nenê Vilaça...

Alvoroçadas, as outras a cercaram. Madame pegou a mão de Nenê:

— Quero apresentá-la a alguns amigos... Venha...

Aproximou-se com ela de um senhor de meia-idade:

— Comendador Tavares, esta é a moça de quem lhe falei... Nenê...

O velhote beijou a mão de Nenê, sorrindo; outros cercaram-na, Madame apresentando:

— Coronel Miranda, esta é Nenê... — E voltando-se para outro figurão: — Excelência, por favor, venha conhecer Nenê.

Cercada, bajulada, bebendo uma taça de champanhe após outra, Nenê logo se deixou envolver, o ambiente tomando-a por inteiro, ela completamente dominada, dançando, requisitada por todos. Algum tempo depois, quem a visse não a diferenciaria das outras meninas. Nenê nos braços de Sua Excelência, a música terminando, ele tentando abraçá-la. Num gesto brusco, no entanto, talvez por um último escrúpulo de autodefesa, livrou-se, abandonou-o no salão.

Madame viu, chegou-se a ela, o ar duro:

— O que você fez, sua... idiota! Deixou Sua Excelência no meio do salão!

Nenê balbuciou:

— Ele... ele queria me levar para o quarto!

Madame não usou meias-palavras:

— Mas você tem de ir, menina! Está aqui e pensa que está fazendo o quê?

— Mas eu não posso!

— Por que não?

Sampaio, que parara de tocar e observava as duas, aproximou-se, já meio alto, o ar brincalhão, o boné sempre na cabeça:

— Simplesmente, Madame, ela não pode porque está comprometida comigo. Hein, Nenê? Não me prometeu?

Nenê agarrou-se àquela tábua de salvação:

— Claro.

— Esta noite ela é minha. Digo, nossa. Minha e do meu boné!

Sampaio tirou o boné, colocou-o na cabeça de Nenê, os dois riram, afastaram-se abraçados. Ele se dirigiu à vitrola, escolheu um disco, um maxixe, que começaram a dançar. Nenê, agora, mostrava-se desinibida por completo, ele a encorajá-la:

— Isso mesmo! Ponha os podres para fora! Guardar tristezas para quê? Machuca o coração e as coronárias! Aqui, deve-se fazer tudo que se tem vontade! Para não morrer de enfarte! E, se morrer, morre-se de amor!

A alegria, a essa altura, era geral, novos pares se formando, todos aderindo à dança. Nenê colocava o boné na cabeça de todos os homens, rebolando muito, inteiramente contagiada pela animação que Sampaio lhe transmitia.

E depois, quando ele, com seu jeito simpático, brincalhão, levou-a para o quarto, ela não resistiu, assim como não resistiu em conceder-lhe todo o resto, como se se entregar fosse o coroamento de sua iniciação, o princípio de uma nova vida à qual ela agora aderia e da qual jamais poderia se libertar.

Foi assim que se sentiu no dia seguinte quando acordou e viu a seu lado, jogado na cama, o boné de Sampaio, dali em diante uma espécie de símbolo do que ela seria, de sua adesão. Embora um pouco tonta pelo excesso de bebida, ergueu-se, foi até o espelho, colocou o boné, sorrindo, amarga, envolvida pelas lembranças da noite anterior. Contemplando-se longamente, pensou: "Só queria que Julião estivesse aqui agora!".

De súbito, a porta se abriu, duas meninas entraram, alegres:

— Ah, ela já acordou! — exclamou a primeira, enquanto a outra comentava:

— Esteve tão maravilhosa a noite passada!

Nenê se voltou para elas, sorriu:

— Que tal estou?

As duas riram, uma delas foi até a porta, falou, para fora:

— Madame, fique tranquila! Nenê acordou de bom humor! De boné na cabeça!

A outra exclamou:

— Vai ficar sendo a Nenê do Boné!

Ela concordou:

— Quase isso! Só falta o toque francês: Nenê Bonet. Já tenho um apelido.

As três riram, repetindo, a um só tempo:

— Nenê Bonet! Nenê Bonet!

O FIO DA MEADA

Nenê continuou sua narrativa para o dr. Cortes:

— Uma semana depois, Artur voltou à casa de Madame. Encontrou-me dançando, bebendo, com um estranho. Quis deter-me...

O médico interrompeu:

— Já sei, ele contou. Quando a interpelou, você fugiu, trancou-se no quarto e não quis recebê-lo. Mas ele não tornou a voltar?

Ela se ergueu, ele também. Saíram da capela, tomando o rumo do jardim. Nenê acendeu um cigarro:

— Claro que voltou. Não naquela noite, nem na noite seguinte. Após três dias, ele estava lá... e chegou depois da festa diária. Deviam ser três da madrugada, eu me preparava para dormir, quando bateram na porta do meu quarto. Vesti rapidamente o penhoar e me deitei.

ONDE SE MOSTRA QUE ARTUR, NO FUNDO, ERA UM BOM CARÁTER

— Quem é? — perguntou Nenê.

Uma das meninas abriu a porta.

— Nenê Bonet, um freguês atrasado para você.

Artur entrou. Sorrindo, maliciosa, a moça fechou a porta e saiu, deixando-os a sós.

— Faz muito mal em insistir — disse Nenê, cobrindo-se com a colcha.

— Não me conformo. Tenho de saber o que fizeram com você.

A expressão de Artur era de tortura, desespero.

— Eu fiz para mim, ninguém mais fez.

Ele se espantou:

— Escolheu essa vida?!

— Lógico. Se não tivesse escolhido, não estaria aqui.

— Por quê?!

— Para castigar Julião.

— Ele sabe que você está aqui?

— Não, mas vai saber, um dia.

Artur fez uma pausa, antes de perguntar:

— Que foi que ele lhe fez de tão horrível?

— Já lhe disse... ele me traiu e se tornou um assassino. Matou Bernarda, e devo entregá-lo à polícia.

Ele fez um movimento de incredulidade:

— Será possível?

— Tenho certeza. Possuo as provas contra ele. A decisão está comigo. Se quiser, amanhã posso mandar prendê-lo. Enquanto não fizer isso, não posso deixar esta casa.

— Por que não pode?

— Porque Madame assim exigiu.

Ele deu um leve sorriso, escarninho:

— E você tem medo de Madame...

— Não. Ela não me obriga a castigá-lo. Só que não posso sair levando as provas, a não ser para denunciá-lo.

— Compreendo... você está se submetendo a esta vida de depravação porque pensa que está salvando Julião da cadeia.

As palavras de Artur pareceram feri-la. Ela se ergueu, acendeu um cigarro, nervosa:

— Não estou querendo salvá-lo. Estou aqui, conscientemente, porque pretendo castigá-lo, mas à minha maneira... como acho que ele merece. Também posso decidir, hoje ou amanhã, levar as provas para a polícia. Tudo depende de mim. Estou deixando o tempo passar... vou fazer isso talvez, ainda não sei. Só sei que quero continuar aqui.

Ela se deteve à sua frente, ele a encarou:

— Tenho pena de você.

Ela sustentou o olhar por alguns instantes, até que perguntou, com a voz muito fria:

— Você pagou para entrar?

— Claro.

— Então, você tem direito...

Fez menção de abrir o penhoar, mas ele a abraçou, fechando-o:

— Por Deus, não faça assim... comigo não, Nenê. Comigo não! Não posso acreditar que você esteja se destruindo tanto... conscientemente. Deixe-me salvá-la, Nenê!

Ela retrucou, desesperançosa:

— Do quê, Artur? Para quê?

E ele, ardoroso:

— Para mim, Nenê... só para mim, não para ele!

OUTROS SUBSÍDIOS DO FIO DA MEADA

O dr. Cortes abriu a porta do quarto de Nenê, ela entrou, ele a seguiu, perguntando:

— Artur ia visitá-la todas as noites?

— Passou a frequentar a casa de Madame Sá diariamente.

— Quanto tempo isso durou?

— De minha entrada na casa de Madame Sá até o dia em que Artur foi obrigado a voltar para o interior, a chamado do pai. Pelo menos quinze dias.

— Julião não deu por sua falta?

Nenê fez um gesto vago:

— Ele chegou de viagem, não me encontrou e deve ter se assustado, não sei...

JULIÃO EM VALENÇA OU AS DESDITAS DE UM MARIDO APAIXONADO

Enquanto, no Rio, o dr. Cortes tentava, aos poucos, reconstituir a verdadeira história de Nenê, Julião, em Valença, não fazia outra coisa senão pensar nela, imaginar o tempo em que eram felizes, esquecendo uma realidade que o roía por dentro, queimava-o, sem que ele pudesse entendê-la. Normalmente, recolhia-se ao quarto e ficava ali, lembrando Nenê em cada objeto, sentindo-os impregnados por sua presença, uma presença que ele desejava, acima de tudo, corporificar na pessoa que lhe trouxera tanta felicidade. E foi assim que tia Anita o encontrou, certa tarde, folheando o álbum de seu casamento com Nenê, detendo-se nas fotografias, à semelhança de alguém que pudesse dispor de algum mágico poder para revivê-las, fazer Nenê saltar de dentro delas, íntegra, rediviva.

— Julião, você não almoçou direito hoje — disse tia Anita, o ar de reprovação, um copo de leite na mão.

Ele nem sequer ergueu os olhos para ela:

— Estou aqui olhando o álbum do meu casamento com Nenê.

— Você não faz outra coisa! Tente esquecer um pouco aquela criatura, gente! Vai acabar ficando doente!

Ele continuou sem lhe dar atenção:

— Olhe este retrato... nós dois após a cerimônia... ela me olhando tão apaixonada. Como é possível que alguém possa mudar tanto?

— Existem mulheres assim, que já trazem nas entranhas o fogo maldito. — E depois de uma pausa, em outro tom: — Ligaram do hospital, no Rio.

Julião ergueu os olhos para ela, interessado:

— Alguma notícia ruim?

— Não, não. A enfermeira ligou a mando do dr. Cortes. Está tudo bem. Depois que a encontraram, parece até mais calma... Disse também outra coisa, que achei que você devia saber.

— Fale logo.

E ela, com uma ponta de maldade na voz:

— Uma pessoa... especial... esteve lá no hospital para visitá-la.

— Quem?

— Artur Menezes.

Ele fez um movimento de raiva:

— Aquele miserável... teve a coragem?

Ela deu de ombros:

— O que quer que eu diga? Ele foi visitá-la, sim. A enfermeira falou também que ela fugiu dele, não quis vê-lo. E ele foi embora, muito sem graça.

— Quando foi isso?

— Hoje pela manhã.

— Acho que tenho de voltar ao Rio — falou ele, preocupado.

E ela, zangada:

— Seus negócios aqui vão de mal a pior. Você já não tem mais cabeça no lugar. Só pensa na sua mulher, que é muito mais esperta do que todos nós imaginávamos.

Ele não entendeu:

— Como, tia Anita? O que quer dizer?

— Mulher, quando quer se perder, inventa histórias. Ela inventou toda aquela coisa estranha de Coras, Bernardas e provas de um crime, para quê? Para largar você e se perder no Rio de Janeiro, num bordel, com seu melhor amigo. Pense nisso, Julião. Pense que tudo foi uma desculpa, um arranjo para ela se transformar numa prostituta e você ser o culpado.

Ele não se conteve diante da rudeza daquelas palavras e gritou:

— Pare com isso, titia! Ela está doente!

Ela insistiu:

— Mas que doente! Que doença leva uma mulher para a sarjeta, homem? Pense, pense que esse Artur e ela planejaram tudo.

Ele só foi capaz de balbuciar:

— Eu não sei... não sei se não tive alguma culpa...

— Mas o que foi que você fez?

— Deixei-a solta demais... aquela minha viagem, tão comprida. Deveria ter voltado antes... ela não teria ido para o Rio de Janeiro sozinha.

— Ela deve ter marcado encontro com Artur Menezes.

Ele discordou, a voz cansada:

— Não, ela já estava doente, titia. Eu podia ter evitado se tivesse chegado antes. Demorei mais do que devia. Vinte dias! Quando cheguei e não a encontrei, tive a impressão de que o mundo desmoronava diante de mim...

*

Julião entrou e tirou o guarda-pó, coberto de poeira. Isabel e tia Anita estavam diante dele, na sala.

— Nenê não está? Foi para onde? — perguntou ele, notando o ar estranho das duas.

— Para o Rio, meu irmão — respondeu Isabel.

— Sozinha?! — espantou-se ele, enquanto tia Anita balançava a cabeça, num gesto de reprovação:

— Essas moças de hoje! Têm liberdade demais! Vocês, maridos, são os culpados!

Ele insistiu:

— O que ela foi fazer no Rio de Janeiro, com tanta urgência?

— Disse que ia atrás da tal Bernarda — respondeu Isabel.

— De novo essa Bernarda?!

— Atrás de um fantasma, alguém que não existe — resmungou tia Anita. — Balela! Mentiras!

— Pelo menos ela deu notícias?

— Não — respondeu Isabel. — Foi embora já faz quinze dias... Quinze dias que não sabemos notícias dela.

— Vou ao Rio imediatamente.

— Quero ir com você — falou Isabel.

Ele estranhou:

— Para quê?

— Soube que Artur Menezes também está lá. Não deu notícias para o pai, que também está muito preocupado. Vou ver se o encontro.

Julião repetiu:

— Artur Menezes... também no Rio?

Tia Anita ironizou:

— Coincidência, não?

Julião se voltou para ela, sério:

— O que está pensando?

Ela deu de ombros:

— Tudo, meu caro... tudo.

Isabel discordou:

— Absurdo, titia! Artur tinha negócios para tratar no Rio. É bem verdade que está demorando mais do que devia... disse-me o pai dele que... que ele andava meio aflito, mas... não... não tem nada a ver com o que está pensando.

Julião começou a subir as escadas, nervoso:

— Me ajude a ver roupa limpa, tia Anita.

Antes que ela também subisse, Isabel murmurou, a voz tensa:

— Titia, a senhora acha mesmo que... oh, não! Nenê e Artur... difícil de imaginar...

Tia Anita deu de ombros:

— Neste mundo de doidos não existe o impossível.

*

Julião fechou o álbum, lento, o olhar perdido, as lembranças do dia de sua chegada ainda a torturá-lo. Tia Anita tentou consolá-lo:

— Não se martirize dessa maneira. Chega de recordações.

— Vou ter que voltar ao Rio.

— Faça o que quiser. Mas eu, se fosse você, deixaria Nenê aos cuidados médicos e trataria um pouco da própria vida.

— Artur Menezes está rondando o hospital. Não posso permitir que isso aconteça. Ajude-me a arrumar minha roupa.

Ela deu um suspiro de resignação:

— Ah, sim... tudo de novo, como da outra vez em que você foi procurá-la! Não digo mais nada! Vocês são brancos, vocês se entendem!

Pegou a mala, abriu o guarda-roupa, sempre resmungando:

— Vai chegar lá, deparar-se com seu rival... e vai ter de chegar às vias de fato. Tudo isso só serve para envergonhar a nossa família.

O BOM CARÁTER DE ARTUR É REAFIRMADO

Nenê estava em seu quarto no hospital, lendo uma revista qualquer, quando bateram na porta.

— Entre — disse ela.

A porta se abriu, uma enfermeira apareceu:

— Dr. Cortes pergunta se a senhora receberia uma visita.

— Quem?

— Seu Artur Menezes.

— Ele voltou, é? — perguntou Nenê, uma expressão indefinida na voz.

— Vai recebê-lo? Está na sala de visitas, esperando. A senhora não é obrigada a ir. O dr. Cortes mandou que fizesse o que achasse melhor.

Nenê deixou a revista de lado, saiu, daí a pouco estava na sala de visitas, ao lado de um Artur impaciente e nervoso.

— Obrigado por me receber — disse ele.

— O que você quer?

— Me bastaria vê-la, falar-lhe, saber como está.

— Vou indo, como Deus quer.

Ele não se conteve, pegou-lhe as mãos, sentou-se, obrigando-a a fazer o mesmo:

— Está triste.

Ela fez um gesto inexpressivo:

— Fui jogada aqui por Julião, e ninguém acredita em mim.

— Eu acredito.

— Você também me abandonou.

Ele tornou, veemente:

— Fui proibido de vê-la.

— Por quem?

— Por Julião.

Ela se espantou:

— Ele soube... de tudo?

— Soube. Só pude vir quando seu médico me chamou, porque queria ouvir o que tinha a lhe contar sobre você. Eu lhe relatei toda a verdade.

Ela se mostrou resignada:

— Ninguém acredita que dona Cora exista... nem Madame...

— Eu vi Madame, não vi dona Cora.

Ela pareceu deixar-se levar por uma espécie qualquer de esperança:

— Mas, se confia em mim, você pode procurar dona Cora, ou a própria Madame, para que uma delas venha até aqui e confirme minhas palavras. Todos acham que eu inventei Cora e Bernarda.

— Vou procurar dona Cora para você. Dê-me o endereço.

Artur tirou um pequeno caderno de notas do bolso, Nenê ditou-lhe o endereço, recomendando:

— Procure Madame também. Em último caso, ela pode me ajudar para falar do crime de Julião.

— Voltarei à casa dela e a obrigarei a fazer uma confissão — garantiu ele.

Ela o encarou fixamente:

— Se fizer isso por mim... se me ajudar a revelar toda a verdade deste caso... ficarei grata a você por toda a minha vida.

— Não é apenas gratidão que espero de você. Eu a amo.

Ela desviou os olhos:

— Eu não mereço você.

Ele insistiu:

— Eu a amo... a despeito de tudo. Dê-me uma esperança.

Ela quase suplicou:

— Não pense em você agora... por Deus, pense um pouco em mim. Tire-me daqui, descubra a verdade... e a situação pode mudar muito a seu favor.

Ele lhe beijou as mãos:

— Eu juro... eu prometo... vou tirá-la daqui... a qualquer preço... eu a amo... eu a adoro...

E foi assim, enlevado, que Artur se despediu dela e começou a atravessar o jardim, em direção à saída. No meio do caminho, deu com o dr. Cortes, exibiu-lhe, como um troféu, o endereço de Cora.

— Vou procurar dona Cora de Freitas, em Santa Teresa — disse.

O médico se viu obrigado a desanimá-lo:

— Não adianta. Já mandei mil bilhetes e recados para essa mulher, neste mesmo endereço, e não obtivemos resposta.

— Acha mesmo que ela não existe? — perguntou Artur, ainda não de todo rendido à frustração.

— Não sei o que dizer. O fato é que jamais essa mulher foi vista por ninguém, a não ser pela própria Nenê. O senhor a viu, por acaso?

— Não. Mas conheci Madame Sá.

— Pois procure-a. Se essa mulher confirmar as palavras de Nenê, já será meio caminho andado.

— Se a encontrar, prometo que a trarei à sua presença.

— Desejo-lhe boa sorte.

Artur saiu, daí a pouco batia à porta do bordel de Madame. Uma empregada que ele não conhecia atendeu-o.

— Boa tarde. Tem encontro com alguém?

— Procuro por Madame Sá.

— Ela não está... Viajou.

Ele não escondeu a decepção:

— Quando?

— Há mais de um mês. Vai demorar.

— Para onde foi?

Ela respondeu, de forma vaga:

— Para a Europa. Disseram que ela viaja todos os anos para lá.

— Não está para voltar?

— Essa viagem dura sempre de dois a três meses.

Desorientado, ele exclamou:

— Ora essa... neste caso, quem sabe se podia me dar notícia de dona Cora de Freitas.

— Sou nova aqui, não sei quem é Cora de Freitas.

— E dona Bernarda? Alguém aqui a conheceu?

— Bernarda? Não sei quem é.

— Filha de Madame. Parece que faleceu.

Ela foi reticente:

— Sei que Madame tem ou teve uma filha.

— Conheceu-a?

— Não. Ninguém aqui jamais viu a filha de Madame.

— Dá licença de fazer a mesma pergunta para as outras moças?

— À vontade.

Ele entrou, indagou, mas obteve sempre a mesma resposta negativa. Desanimado, saiu. Agora, só lhe restava tentar o endereço de Cora. Na rua, tomou um táxi, mandou rumar para Santa Teresa; parou diante do número, pediu ao chofer para esperar, desceu e bateu no portão. Uma mulher veio abrir, e Artur perguntou:

— Dona Cora de Freitas mora aqui?

— Não sei quem é. Só se for antiga moradora.

— A senhora se mudou há quanto tempo para cá?

— Faz dois meses.

— Conheceu a antiga moradora desta casa?

— Não. Nunca vi.

— Mas... quem sabe... se a senhora não está enganada e viu essa pessoa alguma vez...

A mulher, já impaciente com sua insistência, retrucou:

— Não vi, senhor. Não sei quem é. Agora, vai me dar licença.

E fechou o portão.

Desanimado, Artur voltou para o carro, mandou tocar para a cidade. E agora? O que fazer? Tinha de encontrar Cora de Freitas, mas como? De que maneira encontrar uma mulher que só Nenê parecia conhecer? Como tudo aquilo era estranho, atordoante... Mais estranho e atordoante ainda porque havia coisas, no passado, que pareciam concordar com o que Nenê contava. Mas de que maneira conciliar as duas realidades? De uma cena ele se lembrava, particularmente. Tinha chegado ao bordel, fora atendido por Madame, que lhe dissera:

— Venha, Nenê Bonet o está esperando.

Ele a deteve:

— Quero falar-lhe antes.

— Pois não.

— Quanto quer para me deixar tirar Nenê daqui?

A resposta de Madame foi seca:

— Não existe preço que pague o que representa a permanência dela aqui.

— Representa... em termos de dinheiro... ou de vingança? Como conseguiram atrair uma moça de família até aqui?

Madame sorriu:

— O senhor exige explicações demais. Se quer ir ter com ela sem perguntas, a casa é sua. Com respostas, o preço é mais caro, e corre o risco de ser expulso. Com licença.

Madame se afastou, Artur se dirigiu ao quarto de Nenê, que o fez entrar, reclamando:

— Você demorou.

— Estive conversando com Madame.

Ela mudou de assunto, contente:

— Preparei uma noite especial para nós.

— Como assim?

— Fui dispensada do salão. Hoje eu sou só sua. Veja, nosso jantar, com vinho.

Nenê apontou para uma mesinha, ao lado da cama, uma bandeja sobre ela, o jantar servido. Artur, no entanto, sem ligar para aquilo, dirigiu-se à cama, sentou-se, o ar triste, ela se acomodou a seu lado e perguntou:

— Está desanimado?

— Queria tirá-la daqui.

— Nem sei se quero isso. — Ela se deitou, os olhos perdidos no teto. — Nem sei se terei coragem de voltar à vida normal. Não sou mais a mesma. Muita coisa mudou dentro de mim. Confesso que era uma mulher dominada, submissa. Queria minha libertação, queria viver, ser dona dos meus atos... mas não a esse preço.

— Compreendo. Para a mulher ser livre, não precisa ser uma...

Ela se ergueu, brusca:

— Pode continuar. Sei o que quer dizer. Eu passei dos limites.

— Passou — concordou ele enquanto Nenê continuava, agora uma viva revolta na voz:

— E você não me quer por isso. Tem nojo de mim. Pode ir embora, se quiser. O que o prende aqui? Vá... desapareça. É o melhor que você tem a fazer.

Artur se levantou, abraçou-a:

— Queria ter coragem para fazer o que me pede. Mas sou covarde e estou preso demais a você.

Tomado pela paixão, beijou-a, longa e ardorosamente.

*

O táxi chegou a seu destino, Artur voltou à realidade, esquecidas suas lembranças, saltou. Ficava, contudo, dentro de si, a promessa que tinha feito a Nenê; ajudá-la, a partir daquele momento, constituía a coisa mais importante da existência dele.

UM ENCONTRO INESPERADO

Julião chegou ao Rio e foi diretamente para o hospital. O dr. Cortes recebeu-o em sua sala, exclamando:

— Que surpresa!

— Soube que Nenê fugiu, fiquei assustado. Vim o mais depressa que pude.

— Não houve consequências. Eu a encontrei logo. Ela está bem.

— Quero vê-la, doutor. Estou ansioso por revê-la.

— Temos de falar com ela antes, saber se quer recebê-lo.

— Faça isso, por favor.

— Espere, então. Vou ver o que posso fazer.

O médico saiu; Julião, impaciente, deu alguns passos pela sala, tentou folhear um jornal, revistas. De repente, a porta se abriu, uma enfermeira disse:

— O doutor saiu um instante, mas o senhor pode entrar e esperar um pouco.

— Obrigado — respondeu Artur, entrando e dando com Julião.

Os dois se encararam, até que Julião disse, uma raiva incontida na voz:

— Miserável... eu esperava, sim, encontrá-lo! Mas não imaginei que fosse tão depressa!

CAPÍTULO 8

Artur retrucou:

— Foi bom... muito bom encontrá-lo. Estava mesmo para lhe dizer umas verdades.

— Quem é você, canalha, para me dizer verdades?

Artur continuou:

— Verdades que você teima em esconder para fugir da própria culpa!

— Culpa?! Que culpa?! — repetiu Julião, fora de si.

— Encarcerou Nenê aqui, como louca, para ocultar de uma vez seu crime.

Julião agarrou Artur pela gola do paletó:

— Mas que crime?! Que crime?!

— Você matou Bernarda — falou Artur, enquanto Julião, sem se controlar, sacudia-o:

— Você não acredita nisso, canalha! Você deve ter instruído minha mulher para inventar toda essa história, a fim de conquistá-la e levá-la para aquele antro de perdição! Foi você, desgraçado, quem inventou tudo e nos jogou nessa trama do diabo! Foi você, confesse! Foi você!

Julião continuou sacudindo Artur, mas ele conseguiu se desvencilhar. Com um safanão atirou Julião contra a escrivaninha do dr. Cortes, gritando:

— Foi você, patife, você que a jogou no bordel, para ter pretextos!

Julião não permitiu que ele continuasse. Reagiu, atingindo-o com um soco. A partir daí a briga se tornou mais violenta, os dois atracados, derrubando os móveis da sala. A enfermeira, atraída pelo barulho, abriu a porta, gritando, nervosa:

— Socorro! Venham! Dois homens estão se matando!

O dr. Cortes apareceu e ordenou, enérgico:

— Parem com isso! Julião! Seu Artur! Eu exijo que parem!

Os dois se detiveram, arquejantes.

— Peço mil desculpas, doutor, mas este miserável precisava de uma lição — falou Julião, enquanto Artur, também em tom de desculpas, dizia:

— Perdoe-me, doutor, mas, quando vi esse canalha, perdi a cabeça.

O médico não se conteve:

— Mas o que é isso? Dois homens civilizados... dois homens de bem chegarem às vias de fato, como dois... dois marginais!

— Marginal é o homem que mata e, para fugir à sua culpa, interna a própria esposa num hospício — falou Artur.

— Marginal é o homem que trai seu melhor amigo, conquistando-lhe a esposa e envolvendo-a com histórias fantásticas de crimes e falsas provas — disse Julião.

Artur se voltou para o médico:

— Ele me acusa, doutor, e sou inocente. Diga a ele que encontrei dona Nenê já completamente dominada pela história do crime que ele cometeu contra a vida de sua amante.

Julião se defendeu:

— Está dizendo besteiras! Mande ele parar, doutor, porque não admito a mais leve sombra de dúvida sobre a minha honestidade! Não sou criminoso! Não matei o fantasma que minha mulher inventou para se jogar nos braços dele!

O médico retrucou, enérgico como antes:

— Não vamos recomeçar! Acabem com essa discussão, ou serei obrigado a pedir o auxílio da polícia!

— Eu proíbo este senhor de ver Nenê!

— Estão ambos proibidos de ver dona Nenê! — disse o médico.

Julião tentou argumentar:

— Eu sou o marido!

Artur fez o mesmo:

— Eu sou seu melhor amigo.

O médico, contudo, manteve-se inflexível:

— Nenhum dos dois. Mesmo porque ela não quer ver nem um, nem outro.

— Mas eu precisava... — começou a dizer Julião, porém o médico o interrompeu:

— Peço-lhe que volte outro dia. Hoje ela não está bem.

— A mim ela espera — falou Artur.

E o médico, firme:

— Já disse que nem um, nem outro. Passem bem, senhores. Se querem brigar, briguem na rua, que eu não tenho nada com isso. Mas aqui, neste hospital, ainda quem manda sou eu.

O médico abriu a porta, para que saíssem, Julião olhando com raiva para Artur, dizendo:

— Ele que vá na frente.

Artur, nervoso, encaminhou-se para a porta:

— Dr. Cortes...

— Passe muito bem.

Julião, que acalentava a ilusão de ainda ser recebido por Nenê, ficou por mais alguns instantes. No entanto, diante da firmeza do médico, acabou desistindo. Saiu com um leve cumprimento de cabeça. O dr. Cortes fechou a porta, deixou-se cair sobre a poltrona e exclamou, num desabafo:

— Arre! Que situação!

O carro de Julião estava parado diante do sanatório, Isabel e tia Anita acomodadas dentro dele, esperando. Assim que Julião entrou, Isabel perguntou, sôfrega:

— Viu Nenê, Julião? Viu Nenê?

Ele não respondeu, tentando fazer o carro pegar. Tia Anita se voltou para Isabel:

— Ele está muito nervoso.

O carro não pegava; Julião, com a fisionomia carregada, as duas já aflitas. Isabel se voltou para a entrada do hospital, deu com Artur, que ia saindo, e gritou:

— Artur!

Ele ouviu, parou, Isabel saltou, fez menção de ir a seu encontro, Julião a deteve:

— Isabel, eu a proíbo de falar com esse patife!

— Meu irmão, eu quero tanto... falar com ele!

— Volte para o carro — ordenou ele, e depois, ameaçador: — Se ele ousar se aproximar, acabo com ele aqui mesmo!

Ela obedeceu, chorando. Artur retomou seu caminho, afastou-se. Julião colocou o carro em movimento.

— Como você está nervoso! — comentou tia Anita.

Ele se voltou para a irmã:

— Ela ainda chora por ele! Estúpida! Não percebe que ele anda rondando Nenê?! Que o interesse dele todo é em minha mulher?!

E Isabel, contendo os soluços:

— Não posso acreditar!

— Eu disse que a trama toda quem urdiu foi esse sujeitinho — falou tia Anita.

— Começo a acreditar nisso — concordou Julião.

Tia Anita insistiu:

— Pense... pense bem... Quando você esteve aqui da primeira vez para buscá-la, ela havia sumido, nenhum de nós sabia do seu paradeiro. Não podíamos imaginar que ela tivesse perdido a cabeça. E ele, esse ordinário... que tinha estado com ela e sabia de tudo... não disse uma palavra, deixou você procurá-la, como doido. Você não pode ter se esquecido disso, não, Julião?

AS LEMBRANÇAS DE JULIÃO

Na verdade, ele não havia esquecido, como poderia? E, mesmo dirigindo, sua memória foi invadida pelas lembranças, ele se vendo de novo chegar à casa de tia Eulália, acompanhado de tia Anita, vindos da fazenda.

— Mas como? Esperavam encontrar Nenê em minha casa? — exclamou Eulália, surpresa.

— Mas claro, minha irmã — falou tia Anita. — Não é aqui que ela se hospeda sempre que vem ao Rio?

— Tia Eulália sabe que ela esteve aqui, não sabe? — insistiu Julião.

Eulália concordou:

— Sei. A empregada me disse. Ela e Isabel vieram ao Rio e...

Ele atalhou:

— Falo dessa última vez. Ela esteve sozinha...

Eulália concordou novamente:

— Foi, foi, sim. Mas a empregada me disse que andava meio estranha, parecia fora de si. Falava muito numa tal de Cora e numa tal de Bernarda... saiu dizendo que ia encontrá-las... E, embora não tivesse levado mala, nunca mais voltou. Isso faz mais de vinte dias. Quando cheguei de Recife ontem, não a encontrei. O que mais posso dizer a vocês?

Julião se deixou cair numa cadeira, arrasado, um silêncio dominando-os, até que a sineta da porta bateu, a empregada atravessou a sala para atender.

— Não sei o que pensar, o que fazer. Quero falar depois com sua empregada — disse Julião, por fim, seguindo a mulher com os olhos.

— Ela lhe dirá a mesma coisa — falou Eulália.

A empregada abriu a porta, Artur entrou. Julião, assim que o viu, ergueu-se, foi recebê-lo:

— Meu amigo, foi bom que veio! Estamos aqui numa aflição medonha!

— Mas o que houve? Parecem assustados! — exclamou Artur, e, depois, dirigindo-se às irmãs:

— Desculpem, minhas senhoras, meus cumprimentos... — Beijou-lhes as mãos.

Julião deixou de lado os rodeios:

— Nenê desapareceu.

Artur fingiu espanto:

— Como... desapareceu?

E tia Anita:

— Veio ao Rio, sozinha. Não sabia?

Artur continuou a fingir:

— Não. Como ia saber? Por que pergunta?

— Porque faz vários dias que o senhor embarcou para o Rio. Desculpe, mas eu pensei que tivesse visto Nenê.

— De maneira alguma. Não sei de dona Nenê. Se soubesse... iria esconder? Por quê?

Julião interveio:

— Desculpe, minha tia. Estamos assustados. Acho que vou ter de pedir a ajuda da polícia.

— Polícia?! — repetiu Artur, espantado.

— Uma mulher não pode sumir assim de repente, sem deixar nenhuma pista. Isso está me parecendo um caso de polícia.

Artur balbuciou:

— Não, não aconselho... Pense... que talvez ela esteja... em casa de alguém... um amigo, quem sabe...

— E não me mandaria avisar? Há quinze dias, Artur, que ela sumiu!

— Pense no escândalo para seu nome. Não seja precipitado. Antes de pedir auxílio à polícia, vamos tentar encontrá-la. Eu me coloco à disposição...

— Não sei... estou tonto... sem ação... Não sei o que fazer...

Eulália interveio:

— Estou de acordo em que não peçam já o auxílio da polícia, para evitar estardalhaço. Mas acho que não devemos deixar de procurá-la.

— É o que devemos fazer — concordou Artur.

— Não conseguirão nada se não tiverem o auxílio de um homem especializado no assunto... — continuou ela.

— Teríamos de arranjar um detetive que fizesse um serviço particular — falou Julião.

— Conheço um que pode fazer isso.

— Quem? — perguntou ele.

E ela:

— O Moreira, marido da minha vizinha do 75. É muito eficiente. Pelo menos é o que diz a mulher. Se não for garganta, acho que ele pode encontrar Nenê muito mais depressa do que imaginamos.

ARTUR ADVERTE NENÊ DO PERIGO

À noite, Artur se apressou em ir ao bordel, encontrar-se com Nenê. Chegou quando a alegria estava no auge: Sua Excelência dançando um tango com Nenê, outros pares pelo salão, todos rindo, animados. Assim que a viu, Artur fez-lhe um pequeno sinal, ela se voltou para Sua Excelência:

— Excelência, com licença.

— Como? De novo? — protestou ele.

Ela sorriu:

— Chegou um... cliente antigo.

Ele não se conformou:

— Quero exclusividade. Vou falar com Madame.

Nenê apontou com os olhos na direção de Artur:

— Sou exclusiva daquele cavalheiro.

Sua Excelência não se conformou:

— Coração, não há nada que eu não possa comprar com meu prestígio e meu dinheiro.

— Pois tente. Antes disso, ainda sou dele. Com licença.

Nenê se afastou, deixando Sua Excelência no meio do salão. Madame, que prestava atenção à cena, aproximou-se e começou a dançar com ele, preocupada. Ele disse, em tom lamuriento:

— Quero essa menina.

Madame o consolou:

— Há de ter, há de ter, Excelência. É só ter paciência.

E os dois, muito agarradinhos, deslizaram pelo salão, ao som do tango, os passos estudados de um ridículo malabarismo, enquanto Nenê e Artur se dirigiam ao quarto. Entraram; ela fechou a porta e sentou-se na cama, ele dizendo, preocupado:

— Tenho novidades.

— Percebi pela sua cara.

— Julião está no Rio. Veio procurá-la.

— Isso tinha de acontecer.

— Ele está fora de si. Pediu o auxílio de um detetive particular... colocou o homem em seu encalço.

Ela fez um gesto vago:

— Não vai ser fácil encontrar-me. Se você não disser nada... ele vai ter que quebrar muito aquela cabeça...

— Não disse nada... não posso dizer. Estou acovardado. Não devia tentar deter você aqui. Mas o que fazer? Se sair daqui, vou perdê-la... não tenho alternativa.

Artur também sentou na cama, tentou abraçá-la, mas ela se desvencilhou dele:

— Tem uma saída... acabar com tudo, entregando Julião de uma vez à polícia.

— O que espera? Faça isso! É a solução!

Ela não concordou:

— Ele precisa ser mais castigado. Estou dando tempo ao tempo.

— Você está é querendo protegê-lo.

— Não diga bobagem.

— Dê-me então aquelas provas. Juntos, iremos à delegacia mais próxima. Falamos com Madame.

Ela se negou, enérgica:

— Não, não e não! A coisa é só comigo! Você não precisa se envolver. Não foi a você que ele traiu, não foi a você que ele dominou... foi a mim, a mim! Sou eu que devo castigá-lo! Sozinha! — Nenê se ergueu: — Vamos voltar ao salão.

Ele também se ergueu, pedindo:

— Diga que vai terminar com esta situação.

— Hoje eu decido. — Ela estendeu a mão para ele: — Confie em mim.

— Tenho tanto medo de perdê-la! Tanto!

Apaixonado, ele a abraçou e beijou.

O DETETIVE EM AÇÃO

Nenê não teria tanta certeza na preservação de seu anonimato se pudesse estar no salão, naquele momento. Um sujeito desconhecido chegou, falou alguma coisa à moça que atendia à porta; ela se dirigiu até onde estava Madame, que, arfante, descansava depois de ter dançado tango com Sua Excelência.

— Madame, tem um homem aí que procura por Nenê — falou ela.

— Disse o nome todo?

— Disse Nenê Bonet.

— Está se tornando conhecida, a santinha — comentou Madame.

— Chamo Nenê?

— Não. Ela está ocupada. Deixe que eu vou falar com ele.

Madame se dirigiu até o sujeito, cumprimentou-o, delicada, e perguntou:

— Como chegou até aqui?

E ele, o ar malicioso:

— A fama das suas meninas está indo longe, Madame. Soube que tem uma muito especial, chamada Bonet, e queria conhecê-la.

Ela se desvencilhou dele:

— Ah, sim, sem dúvida... em outra oportunidade. É a menina mais cotada atualmente... Mas temos uma francesinha que é um chuchu... uma sueca... até uma japonesa.

O homem riu:

— Não, não, Madame. Sou nacionalista, vou de brasileira mesmo.

Madame também riu, o homem completou:

— Eu sei lá se essas estrangeiras são diferentes?

E, sempre rindo, retirou-se.

NENÊ SE RESOLVE

Depois de terminado o movimento daquela noite, Madame se retirou para seu escritório; foi, como sempre fazia, contar o dinheiro. Estava já havia algum tempo dedicada a essa tarefa quando bateram à porta. Ela acendeu um charuto:

— Entre.

A porta se abriu. Nenê surgiu, o envelope com as provas na mão, aproximou-se da velha:

— Posso falar com a senhora?

— Pois não. — Madame sorriu: — Parabéns, você está ficando conhecida. Já vem gente de fora procurá-la.

E Nenê, muito séria, sem ligar para o que ela dizia:

— Madame, acho que chegou a hora de tomar uma decisão.

— Ah, decidiu, hein? Muito bem. O que quer fazer?

— Vou entregar Julião à polícia de uma vez.

— Quando?

— Amanhã, se possível.

Madame exclamou:

— Hum... muito, muito bem. Então, você deve ir com alguém de confiança. Não quero que vá sozinha.

— Não confia em mim?

— É mais garantido ir com alguém.

A própria Nenê sugeriu:

— Cora pode me acompanhar.

— Cora... é uma ótima ideia — concordou Madame. — Logo que amanheça, telefone para ela. Vocês se encontram antes em algum lugar e de lá vão à polícia. Onde quer encontrar Cora?

— Onde a senhora quiser.

O ENCONTRO

No dia seguinte, eram quatro horas da tarde quando Nenê entrou na Colombo. Havia muita gente nas mesas, tomando chá e drinques, Sampaio ao piano. Quando a viu, ergueu-se, foi a seu encontro:

— Nenê! Que milagre!

— Tenho um encontro aqui com Cora. Ela já chegou?

— Ainda não, mas não deve demorar. Venha... eu lhe arranjo uma boa mesa.

Daí a pouco ela estava acomodada num lugar com ótima vista para a entrada, ele sentado a seu lado:

— Logo que Cora chegar, você a verá.

E depois de uma pequena pausa, carinhoso:

— Como vai a vida?

— No mesmo.

Ele lhe tomou ambas as mãos, por sobre a mesa:

— Está mais bonita que nunca.

— Obrigada. Tenho usado muito o seu boné.

— Queria lhe dar coisa melhor.

— Deu-me. Um apelido.

— Um apelido não é o que você merece.

Ela retrucou, muito séria:

— Eu, talvez não. Mas é o que meu marido merece... que sua mulher seja muito conhecida como a Nenê do boné que virou Nenê Bonet.

— Esse homem destruiu você.

— Por dentro, sim... Por fora, ainda me resta uma aparência.

— Ele precisava ser destruído, Nenê. Não você.

Ela sorriu:

— Não vamos pensar em tristezas.

Cora entrou e dirigiu-se à mesa.

— Cora... quanto tempo! — disse Nenê, erguendo-se.

— Minha querida... você está muito bem. — E Cora abraçou-a.

— Você também.

Cora sentou, e Nenê continuou:

— Você me abandonou. Senti sua falta.

— Disseram-me que você não precisava de mim. — Cora se voltou para o pianista: — Boa tarde, Sampaio. Tem tratado bem minha amiga?

— Para tratá-la melhor, só levando-a para minha casa. Mas ela não quer.

Os três sorriram. Cora se voltou para Nenê:

— Então, querida? Madame me contou de sua decisão.

— Quero ir hoje mesmo levar as provas contra Julião à polícia. Você me acompanhará?

— Pensou bem?

— Pensei. Ele está no Rio, e tudo será mais fácil. O que você acha?

— Quer minha opinião sincera?

— Por favor.

— Acho que ainda não chegou o momento certo. Entregando tudo à polícia, você colocará um ponto-final no caso.

— Não é o que queremos? — perguntou Nenê.

— É, mas não há necessidade de tanta pressa. Quanto mais tempo passar, mais Julião estará humilhado. Não estou interferindo em sua decisão, mas pense bem nisso.

Sampaio interveio:

— Você tem o resto da tarde para pensar. Que tal nos divertirmos um pouco? Venha tocar, sem medo agora. Toque a música que quiser.

Nenê, vacilante, olhou para Cora, que, sorrindo, lhe fez um gesto de assentimento com a cabeça. Nenê ficou em dúvida ainda por alguns instantes. Depois, resolveu-se, ergueu-se, Sampaio a acompanhou até o piano, e começaram a tocar uma música alegre, a dois.

NENÊ É QUASE SURPREENDIDA POR JULIÃO

Em meio à música, Julião, tia Anita, Isabel e tia Eulália entraram na confeitaria. Um garçom logo veio indicar-lhes uma das mesas. Estavam distraídos, de costas para o piano, e, naturalmente, não viram Nenê, mas Cora deu com eles e se levantou. Nenê percebeu-lhe os gestos, encarou-a. Cora apontou-lhe a família com os olhos e saiu, apressada, por outra porta. Nenê se ergueu e, quase correndo, fez o mesmo, apenas Sampaio percebeu o que estava acontecendo e passou a tocar, depois da saída de Nenê, uma valsa muito lânguida, muito triste.

— Gosto daqui — comentou Isabel, todos já acomodados à mesa.

Tia Anita deu um suspiro fundo:

— No meu tempo, vinha todas as tardes tomar chá... lembra-se, Eulália?

— E eu ia me esquecer? Pois não foi aqui que conheci o meu Armando?

— É verdade — concordou a outra, enquanto Isabel olhava para ela e perguntava:

— Tia Anita nunca namorou ninguém?

Ela se fez muito séria.

— Não interessa. Sempre tive muito com que me ocupar. Não estava interessada em arrumar homem. Sou uma mulher normal. Passo sem homem uma vida inteira e nem por isso fico louca, como dizem.

Julião comentou, reprovativo:

— Que assunto vocês foram me arranjar.

E logo depois, olhando para o garçom, que aguardava, ao lado da mesa:

— O que vão querer?

— Chá com torradas — respondeu Eulália.

— Eu quero um licor de cacau — falou Isabel, tia Anita se voltando para ela, recriminadora:

— Isabel! Tomar licor fora de casa!

— O que tem, tia?

— Ela está acompanhada — falou Julião. E, voltando-se para o garçom: — Um licor para Isabel.

— Eu quero um licor também — pediu Eulália.

— Para mim, traga vinho branco — disse Julião.

— E docinhos para todos — arrematou Eulália.

O garçom anotou o pedido e afastou-se. Tia Anita se virou para Julião:

— Você não era de beber tanto. Ultimamente, parece uma esponja.

Ele se ergueu:

— Com licença. Volto já.

— Tia, deixe Julião fazer o que quiser. Ele está sofrido, não está vendo? — falou Isabel.

A outra retrucou, sentida:

— Eu é que sei. Criei esse menino como se fosse um filho. Dediquei minha vida a ele. Agora me dói vê-lo assim, nessa consumição por causa de uma mulher.

Tia Anita seguiu Julião com os olhos, vendo-o se aproximar do pianista:

— Boa tarde.

Sampaio, sem deixar de tocar, virou-se para ele:

— Boa tarde.

— Sou Julião Vilaça.

— Augusto Sampaio... muito prazer.

— Ando procurando uma jovem senhora. Aliás, para ser sincero, devo dizer que é minha mulher.

E Sampaio, obsequioso:

— Pois não...

— Ela sumiu misteriosamente vindo ao Rio e daqui tomou rumo ignorado.

— Lamento, senhor. Em que posso servi-lo?

Julião prosseguiu:

— Certa ocasião, ela esteve aqui no Rio... e contou-me depois que tinha vindo a esta confeitaria, onde se sentou ao piano, a convite do pianista, e tocou. Aliás, ela toca muito bem. Disse-me até que foi aplaudida.

— Ah, foi, é? Quem é sua esposa? — perguntou Sampaio, o ar sonso.

— Nenê Vilaça. Recorda-se dela?

— Não... são tantas as jovens senhoras que vêm aqui.

— E todas elas tocam piano em sua companhia?

— Bem, nem todas. Porém, aquelas que têm aptidões tocam. Eu sempre as convido. É praxe da casa deixar as senhoras bem à vontade. E todas são aplaudidas.

— De minha mulher, em especial, o senhor não se recorda? — insistiu Julião.

Sampaio bancou novamente o sonso:

— Qual é mesmo o nome dela?

— Ernestina. Ou melhor, tratam-na por Nenê... Nenê Vilaça...

— Curioso... não me recordo de ter ouvido esse nome. Mas em que isso poderia ajudar?

Julião fez um gesto vago:

— Podia ser, não sei... Vim até aqui só para lhe fazer essas perguntas.

— Lamento não poder fazer nada.

— Desculpe.

— Ora, espero que encontre sua jovem senhora.

— Eu a encontrarei. Com licença.

Julião voltou para a mesa, e tia Anita perguntou, assim que ele sentou:

— Nada?

— Nada. Ele disse que não se recorda.

Isabel não se deixou convencer:

— Mas ela me afirmou que esteve aqui, tocou junto com esse pianista e foi muito aplaudida. Ele deve estar mentindo.

Eulália foi incisiva:

— Ponha o Moreira na pista desse homem. Ele deve saber muito mais do que diz.

Julião olhou para Sampaio, que, placidamente, continuava a tocar a mesma valsinha lânguida e triste.

ONDE SE MOSTRA QUE AS RECORDAÇÕES DE NENÊ NÃO SÃO TÃO FIRMES

Nenê, apavorada, entrou no bordel, Madame a esperá-la, perguntando:

— Então? Fez o que pretendia?

— Não, Madame, não. Perdi a coragem.

— Por quê?

Nenê desabafou, num crescendo:

— Porque vi Julião, perdi as forças. Não posso entregá-lo! Não chegou o momento! Devo esperar mais. Para quê, eu não sei. Só sei que não é chegado o momento.

Nenê sentou, derrotada, soluçando. Madame, um sorriso nos lábios, serviu-lhe um conhaque:

— Entendo, boneca. Você ainda gosta dele.

Nenê sorveu de um gole a bebida:

— Não sei se é possível gostar odiando. O fato é que perdi a coragem.

Apanhou o envelope com as provas da bolsa:

— Tome. Guarde isso, se quiser. Faça o que bem entender. Eu não posso.

Madame se recusou, firme:

— Não, não, boneca. Isso lhe pertence. O momento certo chegará, não tenho pressa. O bom é você mesma desgraçá-lo. Eu, não tem graça. Você vai fazê-lo. Hoje, amanhã ou na próxima semana, mas vai fazer. Saberá quando... eu não vou lhe dizer.

Nenê, resignada, guardou de novo o envelope na bolsa:

— Está bem. Agora vou descansar. As emoções de hoje foram muitas.

— Vá. Deite-se um pouco, tome um bom banho de sais, prepare-se para esta noite. Vá, meu anjo.

Nenê se ergueu, Madame beijou-a no rosto, ela se encaminhou para o quarto. Lá, tirou de novo o envelope da bolsa, guardou-o na gaveta, trancou-a. Depois, dominada pelo desespero, atirou-se na cama, chorando.

NENÊ TAMBÉM SE DESESPERA, NO PRESENTE

Nenê, deitada na cama em seu quarto no sanatório, entregava-se a recordações, quando a porta se abriu e a irmã entrou:

— Dormindo, dona Nenê?

— Não. O que é?

— Aqueles dois homens que se encontraram na sala do dr. Cortes se atracaram.

— Que morram, não me incomodo. Já foram embora?

— Faz tempo. O dr. Cortes os separou e lhes pediu para irem.

— Devia ter enxotado Julião e deixado Artur.

A irmã se horrorizou:

— Mas seu Julião é seu marido. Praticamente é o seu dono.

Nenê reagiu, violenta:

— Dono, dono? Por que dono? Sou animal, um cachorro, um cavalo, por acaso?

— É a esposa dele. E Deus disse que o marido é o responsável pela mulher.

— Cada um é dono da própria vida. Eu não tenho dono, mulher. E já não creio mais em Deus. Ele me abandonou.

A irmã se horrorizou mais ainda, benzeu-se e resolveu mudar de assunto:

— O dr. Cortes está chamando a senhora para almoçar.

— Eu não quero sair daqui hoje.

— Quer que lhe traga a refeição?

— Não quero comer.

— Mas precisa...

Nenê explodiu, gritando:

— Não quero comer, droga! Por que não me deixam em paz?!

A irmã, temerosa, recuou até a porta e saiu. Nenê se estirou de novo na cama, fechou os olhos, as recordações outra vez a invadi-la, a tomá-la toda.

O DETETIVE DE NOVO EM AÇÃO

A empregada abriu a porta, Eulália e tia Anita receberam o detetive.

— Entre, Moreira — disse Eulália. — Julião já vem.

— Alguma novidade? — perguntou tia Anita.

— Prefiro falar com ele — respondeu o sujeito.

Daí a pouco, Julião, apareceu:

— Bom dia. Desculpe tê-lo feito esperar.

— Ora, não tem importância.

Os dois sentaram, o sujeito dizendo:

— O assunto é particular.

Julião se voltou para as duas:

— Tia Anita, tia Eulália, por favor...

Elas saíram, de má vontade, e bateram a porta da sala, mas ficaram ouvindo atrás dela.

— Então? — perguntou Julião.

— Estou investigando. Ando atrás de todas as Nenês que me informam. Fui até a um bordel, onde me disseram que havia uma moça nova, chamada Nenê Bonet.

Julião se horrorizou:

— Bordel! Será que você ficou louco?!

Atrás da porta, as duas irmãs se entreolharam, exclamando, baixo, a um só tempo:

— Bordel?! Que horror! Bordel?!

O detetive continuou:

— Perdoe-me, não pretendo ofender, porém acho que o senhor deve enfrentar a realidade, por pior que ela seja.

— Ridículo imaginar Nenê, minha mulher, num lugar desses! — falou Julião, e logo depois, em outro tom: — Bem... mas chegou a ver a tal Bonet?

— Não, ela estava... ocupada... com um freguês.

Julião fez um movimento de pudor:

— Por favor!

— Desculpe. Se preferir... cliente. Mas pretendo voltar lá, porque essa Bonet tem todas as características que se assemelham com as de sua jovem esposa.

— Como chegou a esse lugar?

— Seguindo a pista de um pianista da Colombo, um tal Sampaio, que disse a um amigo estar apaixonado por essa tal de Bonet.

— O pianista! — exclamou Julião num choque.

— Como o senhor mesmo me pediu para seguir a pista desse homem, eu obedeci.

Julião se mostrava cada vez mais chocado:

— Deus do céu! Não pode ser! Eu me recuso a acreditar!

O detetive insistiu:

— Por que não faz como São Tomé... ver para crer?

E Julião, atarantado:

— Não pode ser! Não pode ser!

DE COMO NENÊ FOI, ENFIM, SURPREENDIDA POR JULIÃO

Na hora normal da festinha do bordel, Nenê, ao som de uma música da vitrola, dançava, Sua Excelência agarrado a ela, perguntando, muito meloso, um ou outro perdigoto a escapar-lhe por entre a dentadura:

— Gostou do anel?

— Adorei.

— Nem assim decidiu ser só minha?

— Tenha paciência, vovô.

Naquele mesmo instante, uma das moças recebia o detetive e Julião, que acabavam de chegar.

— Entrem, fiquem à vontade — disse ela. — Algum encontro? Alguém especial?

— Queremos conhecer Nenê Bonet — respondeu Julião.

A moça sorriu:

— Ah, é o terceiro esta noite que procura por ela. Vou avisar Madame. Ela é quem decide.

Ela se afastou, o detetive e Julião passaram para o salão. Nenê, assim que o viu, deixou Sua Excelência, sob protestos do homem:

— Mas... de novo?!

Nenê se ocultou numa pequena varanda, enquanto outra moça veio ter com ela, o ar entre repreensivo e bem-humorado:

— Bonet, que bicho te mordeu? Deixou de novo o velho no meio do salão?

E Nenê, tensa, nervosa:

— Viu quem acaba de chegar?

— Fregueses, perguntando por você. Aquele homem... um deles...

A outra atalhou:

— Eu escolheria o mais alto, o bonitão. Um chuchu.

— Esse homem... simplesmente... é o meu marido!

CAPÍTULO 9

Enquanto Nenê e a moça conversavam, Madame se dirigiu até onde Julião estava. E fazendo-se de muito delicada:

— Ah, muito bem. Então ouviu falar da minha Bonet.

— Gostaria de conhecê-la.

— É joia preciosa, caro senhor, muito cara.

Julião se alterou:

— Como alguém pode dizer isso da minha...

O detetive interveio:

— Seu Julião, o senhor não tem certeza... resta ver, para saber.

— Claro, desculpe-me — retrucou ele, caindo em si.

Madame fingiu estranhar:

— Certeza do quê?

— Ele julga que essa Nenê Bonet é uma antiga conhecida — explicou o detetive.

— Não acredito — Madame fez um gesto negativo com a cabeça. — Ela é muito especial e não tem amigos no Rio de Janeiro.

— Posso vê-la?

— Pagamento adiantado.

— Pagamento? — estranhou Julião.

O detetive se viu obrigado a intervir novamente:

— Seu Julião, isto aqui é uma casa onde se paga por divertimento.

— Quanto? — tornou ele, encarando Madame.

— Aumentei o preço. Ela começou com dois mil-réis. Agora passamos para cinco.

— É um disparate!

E o detetive, já um pouco impaciente:

— Seu Julião, pague, para ter com a Bonet.

Ele fez menção de tirar a carteira. Madame deteve seu gesto, com um sinal de cabeça:

— Aqui, não. No meu escritório. Aqui usamos de toda a discrição para com as minhas bonecas. São todas meninas muito honestas. Queira acompanhar-me, por favor.

Julião seguiu-a, o detetive ficou esperando. Assim que entraram, ele entregou o dinheiro à Madame:

— De onde veio essa Bonet?

— Somos proibidos de contar a vida das meninas.

— Mas eu... eu preciso saber se...

Deteve-se, Madame encarando-o, firme:

— O quê?

— Nada.

— Muito bem. Brigite vai levá-lo até o quarto de Nenê Bonet.

A velha tocou uma pequena sineta, Brigite entrou.

— Bonet — falou Madame.

— Ulalá! — exclamou a moça. — Sempre Bonet! Quarto cliente esta noite!

— Vai, vai, vai — fez Madame, fingindo-se enfarada.

A moça deu uma gargalhada. Madame saiu, Julião atrás dela, sentindo-se um joguete, a ponto de explodir.

O TÃO ESPERADO ENCONTRO

No quarto, à meia-luz, um penhoar extravagante mal lhe cobrindo o corpo, segurando um copo de bebida e fumando, Nenê esperava. O momento pelo qual tanto ansiara estava a ponto de acontecer. Mas ela, para seu próprio espanto, via-se destituída da confiança que imaginara ter, insegura, à semelhança de uma criança, com a consciência de que talvez tivesse ido longe demais. Por isso, deixara apenas a pequena luz de cabeceira acesa, recuara para o canto mais escuro do cômodo, na esperança (que ela, no fundo, sabia inútil) de que Julião não a reconhecesse.

No momento, contudo, em que bateram à porta, ela pareceu recuperar a segurança e disse, uma firmeza na voz:

— Entre.

A porta se abriu, e a moça apareceu:

— Bonet, cliente.

— Pode vir — tornou Nenê, no mesmo tom.

A moça se voltou, fez um sinal, Julião entrou, ela sorriu, maliciosa:

— Boa sorte.

Saiu, batendo a porta. Nenê ficou a meia distância de Julião, e ele perguntou, ainda sem reconhecê-la:

— Você é a Nenê Bonet? Quero ver seu rosto.

— É mais caro. No escuro, é mais barato.

Ele explodiu, procurando o interruptor:

— Vamos acabar com essa palhaçada. Onde se acende essa luz?

Ela o ameaçou:

— Previno que, para qualquer violência, temos um guarda-costas aí no corredor.

Ele finalmente achou o interruptor, girou-o, a luz inundou o quarto, ele paralisado, atônito, quando a reconheceu.

— Você... Nenê... você?! — balbuciou por fim, a voz a morrer-lhe na garganta.

Ela retrucou, insensível:

— Cavalheiro, nunca o vi mais gordo. Com quem tenho a honra de falar?

— Acabe com isso, Nenê! — implorou ele.

Ela se dirigiu à porta:

— Acho melhor chamar auxílio. O senhor não me parece bem.

Ele fez um esforço desesperado para se conter:

— Espere... não faça nada... espere, Nenê! Eu... vou me controlar. Jurei manter a calma, caso fosse você mesma essa prostituta que todos querem. Mas... eu mal posso acreditar que você... a Nenê... a minha Nenê... oh, meu Deus... Isso parece um castigo!

— Vamos de luz acesa? — perguntou ela, impiedosa.

Ele não se conteve, agarrou-a, sacudiu-a, fortemente, atirou-a sobre a cama:

— Pare com essa brincadeira! Vim buscar você! Deixo as explicações para depois!

Nenê se ergueu da cama, correu até a porta, tentou abri-la, mas ele a agarrou de novo, impedindo-a. Passou uma das mãos em seu rosto, desfazendo-lhe a pintura, num gesto brusco:

— Sua vaca! Vagabunda! Vá trocar de roupa! Vou levá-la!

Jogou-a de novo na cama, ela gritando:

— Eu não vou! Não sou obrigada! Você não pode me forçar. Eu não vou, cachorro, não vou voltar para sua companhia! Vou ficar aqui até me tornar uma prostituta velha e acabada! Para seu castigo, miserável! Você vai ouvir falar de mim até o fim de seus dias!

Ele tornou, dando-lhe violentas bofetadas no rosto:

— Vagabunda! Por que não disse antes que essa era a vida que queria?! Como me enganou?! Vagabunda!

Nenê tentava proteger o rosto, enquanto ele batia e batia, até que, exausto, parou, e ela se aproveitou disso para tentar erguer-se, mas Julião empurrou-a contra a cama, ameaçando:

— Fica aí ou eu te mato!

Ela se encolheu, uma menina desprotegida e indefesa, ele a seu lado, ofegante. De súbito, vergando-se sobre o próprio corpo, o rosto apoiado contra as mãos, começou a chorar. Nenê olhou-o, espantada. Era a primeira vez que o via assim, aquilo sendo para ela uma espécie qualquer de revelação, mas, acima de tudo, uma vitória. Logo ele se controlou, enxugou os olhos, ergueu o rosto. Esteve a fitá-la por uma eternidade, até que perguntou:

— Por que... por que tudo isso?

— Isso ainda é pouco — respondeu ela, dura.

— Quer me castigar?

— É pouco demais.

— Mas por quê? Fala! Que foi que eu te fiz?

— Me traiu e se tornou um assassino.

— Assassino?! — repetiu ele, atônito.

— Você sabe do que estou falando.

— Não sei de nada! Não matei ninguém! Do que me acusa?!

— De ter assassinado Bernarda, porque queria se ver livre dela!

Ele fez um gesto desconsolado:

— Eu nem sei quem é essa Bernarda! Não sei do que está falando!

E ela, veemente:

— Você matou Bernarda, sim! Confesse a verdade de uma vez! Foi no Uruguai, numa pequena cidade da fronteira. Foi no ano passado, quando a levou para lá, em meados de janeiro, para dar cabo dela. Eu me recordo que naquela ocasião você tinha viajado. Tudo deu certo, tudo combinou. Depois que você voltou, eu o senti estranho...

Ele repetiu o gesto de desconsolo de antes:

— Oh, meu Deus, que coisa de louco, Nenê! Ou você inventou toda essa história para assumir essa vida, ou alguém envenenou você contra mim para nos separar e jogá-la nesse antro!

— Nem uma coisa, nem outra. Eu tenho provas.

Ele estremeceu:

— Que provas?!

— Do seu crime. Elas querem que eu as entregue à polícia. E é o que eu vou fazer, se não me deixar em paz.

— Elas quem? Quem quer que eu seja preso?

— Madame Sá e Cora.

— Quem são?

— Madame Sá é a mãe de Bernarda, e Cora, sua melhor amiga! — E acrescentou com escárnio: — Ora, você sabe.

— Não sei. Estou tonto. Ou estou ficando completamente louco, ou alguém está, aqui. Me diga como posso falar com essas duas... duas mulheres.

— Madame é dona desta casa, e Cora trabalha na chapelaria. Mora em Santa Teresa. — Estendeu a mão sobre a mesinha de cabeceira, pegou um pedaço de papel e o estendeu a ele: — Olhe aqui... o endereço dela. Eu não estou mentindo.

Ele examinou por alguns instantes o papel, guardou-o e voltou a perguntar:

— Elas duas trouxeram você para cá?

Nenê fez que sim, ele insistiu:

— Ninguém mais?

— Não. Por quê?

— Tudo foi uma trama para atrair você e fazê-la se perder. Só não entendo por quê... por quê?

— Porque você matou Bernarda! E eu vou entregá-lo à polícia.

Ela fez menção de se erguer, ele mais uma vez a impediu:

— Fique aí.

E depois de uma pausa, erguendo-se:

— Vou falar com essa Madame.

— Já falou. Você pagou a ela.

— Me espere aqui — retrucou Julião, sem ligar para o que Nenê havia dito, saindo e trancando a porta por fora. Seguiu pelo corredor, foi direto ao escritório de Madame. Uma das moças foi atrás dele:

— Ei, calma, senhor. O que foi?

Julião entrou no escritório, correu os olhos em volta:

— Quero falar com Madame.

— Ela teve que sair, com urgência.

— Como, sair?

— Uma das meninas passou mal, teve de ser socorrida. Madame a levou para o hospital.

Julião não pôde evitar uma exclamação de contrariedade:

— Será possível?! Logo agora! Que hospital?

— Não sabemos.

— Bom, sabe ao menos onde posso encontrar Cora de Freitas?

A moça fez um gesto negativo com a cabeça.

— Não sei quem é.

Julião deu-lhe as costas, zangado, e voltou; diante do quarto de Nenê, deu com o leão de chácara. Encarando-o, perguntou:

— O que quer?

O sujeito olhou-o longamente, em silêncio. Depois, ainda sem dizer nada, afastou-se. Julião abriu a porta e entrou:

— A tal Madame não está, e ninguém sabe quem é Cora.

— Você pode encontrá-la amanhã na chapelaria.

— Muito bem. Então amanhã iremos até lá. Agora, levante-se. Você vai embora comigo.

Nenê teimou:

— Eu vou ficar.

— Não inventa moda! Não complique mais as coisas! Você vem comigo!

Ela gritou:

— Eu vou ficar! Vou ficar! Não há nada que me obrigue a sair daqui! — Correu até a porta, abrindo-a: — Vá embora você! E, se teimar em me levar, peço auxílio ao segurança que nos protege.

— Nenê, Nenê... não abuse mais da minha paciência! Eu tiro você daqui, nem que seja com o auxílio da polícia.

— É um favor que você me faz! — retrucou ela, sarcástica. — Chame a polícia, e assim nós dois nos desgraçamos de uma só vez.

— Nenê, Nenê... você está brincando...

O leão de chácara entrou no quarto:

— Algum problema?

Nenê apontou para Julião:

— Este homem. Não quer ir embora.

O sujeito pegou Julião pelo braço:

— Anda. Vem comigo.

— Me solta!

Julião tentou reagir, mas o sujeito deu-lhe uma gravata, subjugou-o. Nenê interveio:

— Espere! Pode soltá-lo!

O homem obedeceu, Nenê continuou:

— Eu me encontro com você amanhã, às onze, na chapelaria Madame Souza na rua do Ouvidor. Podemos falar com Cora, os dois juntos. Quero que você a conheça. Agora saia.

Julião encarou-a, como se ainda não pudesse acreditar em tudo aquilo. Esteve por um momento assim, imóvel, depois deu-lhe as costas e saiu acompanhado pelo leão de chácara.

TIA ANITA CURA AS FERIDAS DE JULIÃO

Na casa de Eulália, Julião, que se tinha ferido ligeiramente no rosto quando se atracara com o leão de chácara, era cuidado por tia Anita, ao mesmo tempo que lhe revelava toda a verdade acerca de Nenê.

— Difícil de acreditar! — falou ela, os olhos arregalados de espanto.

— Parece que estou vivendo um pesadelo.

— E ela deixou que o homem atacasse você?

— Se a visse, teria a impressão de que Nenê estava possuída por um demônio qualquer. É outra mulher.

Tia Anita se benzeu, escandalizada:

— Uma prostituta! Nenê! A nossa Nenê!

— Não sei se ela teve culpa... ou se foi envolvida por duas mulheres, numa trama diabólica.

— Que mulheres?

— Uma tal Cora, de quem ela fala muito, e uma tal Madame, que conheci hoje. Mas por que essas duas criaturas quiseram destruir Nenê?

— O que vai fazer agora?

— Tenho de desfazer essa trama. Amanhã, vou com Nenê à chapelaria, onde começou toda essa história. Conhecendo a tal Cora, desvendarei uma parte do mistério.

A CAIXA DE SURPRESAS

Nenê podia esperar tudo, menos pelo imprevisto que aguardava por ela na chapelaria. À hora marcada, dirigiu-se para lá, acompanhada por uma colega, Juliete.

Do outro lado da rua, diante do estabelecimento, Julião, ao lado do detetive, aguardava-a, ansioso. Quando a viu, teve uma expressão de alívio...

— Ah.... aí vem ela. Até que enfim.

Ela se aproximou, cumprimentou-o e apresentou a outra moça:

— Trouxe Juliete, minha amiga.

Ele fez o mesmo com o detetive:

— Este é seu Moreira, meu amigo.

— Encantado, minha senhora — disse o homem.

Nenê foi direto ao assunto:

— Já esteve lá dentro? Falou com dona Cora?

Julião encarou-a, muito sério:

— Nenê, por que não para de brincar comigo?

Ela se surpreendeu:

— Como... brincar?

Ele continuou, sério como antes:

— Já entramos, procuramos por dona Cora, e nos responderam que aqui jamais trabalhou alguém com esse nome.

— Agora quem está brincando é você — disse ela, incrédula.

O detetive interveio:

— É verdade, dona Nenê. Ninguém sabe quem é Cora.

Nenê se voltou para a amiga:

— Venha comigo, Juliete.

E, resoluta, acompanhada pela outra, entrou na loja. Julião e o detetive ficaram ainda por um momento na calçada, depois fizeram o mesmo. Assim que entraram, viram Nenê, muito nervosa, falando com a dona da loja:

— Cora... uma mulher bonita, loura... altura mediana, aparentando uns trinta e cinco anos! Atendeu-me quando vim buscar o chapéu que ganhei no concurso de charadas!

A mulher fez um gesto negativo com a cabeça:

— Não sei do que está falando. Nunca fizemos concurso de charadas, e aqui não trabalhou ninguém com esse nome.

— A senhora deve estar enganada!

— Sou a dona da loja, meu Deus do céu!

— Ela era sua sócia!

A mulher se espantou:

— Sócia?! Meu único sócio é o meu marido!

Nenê não se deixou convencer:

— Não é possível! Eu não estou ficando louca! Eu ganhei um chapéu de prêmio, dado por ela! — calou-se, exclamou: — Ah, a fita! Mudaram a fita, que era vermelha, para azul! Ela mandou a chapeleira mudar. Eu me lembro da moça.

— A senhora pode ir ali na oficina ver se encontra a moça de que está falando — disse a mulher.

Nenê se encaminhou para uma pequena porta, nos fundos da loja, entrou na oficina. Nela, três senhoras trabalhavam, nenhuma delas, nem de leve, se parecia com a moça que vira.

Nenê ainda perguntou:

— Lembram-se de dona Cora?

As três, quase a um só tempo, responderam que não. Juliete entrou:

— Nenê... então?

Ela fez um gesto angustiado:

— Não sei o que está acontecendo. Não posso acreditar! Cora tinha de estar aqui... e ninguém sabe quem ela é.

Juliete pegou-a pelo braço:

— Vamos... venha comigo...

Saíram da loja, sempre acompanhadas por Julião e pelo detetive, e pararam na rua, Julião dizendo:

— Você agora confessa que inventou toda essa história de dona Cora para encontrar um pretexto para se jogar nessa vida dissoluta?

E Nenê, tensa, com ódio:

— Eu não inventei! Se alguém aqui inventou histórias, deve ter sido você!

— Eu?! Mas até agora eu só tenho sido vítima!

— Justamente por isso... para aparecer diante de todos como vítima! Mas você é um assassino!

Ele mudou de tom, subitamente contemporizador.

— Bem, agora que já se convenceu que Cora não existe, venha comigo. Vou levá-la para casa, onde poderemos chegar a uma conclusão sobre tudo isso.

Ela se manteve firme na negativa:

— Eu não vou! Vou ficar na casa de Madame Sá até eu mesma decidir o contrário! Faço o que quero da minha própria vida! Vou esperar Madame voltar. Ela pode confirmar o que eu estou dizendo!

Julião tentou levá-la pelo braço, ela se desvencilhou:

— Não se atreva a me tocar, ou começo a gritar aqui e faço um escândalo dos diabos!

Juliete se interpôs entre eles:

— O carro está esperando lá adiante. Vamos.

As duas lhe deram as costas, começaram a se afastar, os olhos de Julião seguindo Nenê. O detetive deu-lhe um tapinha amigável nas costas:

— Se Cora não existe, só resta essa tal Madame. De qualquer maneira, podemos continuar investigando. O senhor me falou que ela lhe deu um endereço em Santa Teresa.

Julião se mostrou desanimado:

— Antes de vir para cá, estive em Santa Teresa. O tal endereço existe. Mas, como aconteceu aqui, ninguém sabe quem é Cora.

O detetive pareceu também dominado por uma espécie qualquer de desânimo:

— Caso complicado... é um desafio até para mim.

*

Nenê, num nervosismo enorme, subiu as escadas da casa de Madame, sendo consolada por Juliete:

— Tenha calma, mulher... tenha calma.

Uma das garotas abriu a porta, Nenê perguntou:

— Madame já chegou?

— Não. Matilde está passando mal. Madame não sabe quando vai voltar.

— Em que hospital ela está?

A outra respondeu:

— Madame não quer que se diga. O que ela foi fazer é proibido. Levou Matilde mal, com hemorragia.

— Quem está no lugar de Madame?

— Margot. — E depois, mudando de tom: — Tem alguém aí à sua espera.

Nenê, sempre nervosa, foi para o quarto, deu com Artur a aguardá-la.

— Soube que foi até a casa de chapéus para apresentar Cora a Julião — disse ele.

— Não sei o que está acontecendo. Cora desapareceu, Madame também. Jogaram-me no fogo e me deixaram sozinha.

— Você não está só. Eu estou aqui, não estou?

— Mas você também não acredita em mim... como ninguém acredita.

Ele se mostrou reticente:

— Acredito... acredito... só que...

— Só que tem dúvidas — completou ela.

— Acho tudo muito extravagante, para ser verdadeiro. Mas acredito que Julião tenha sido capaz de cometer um crime, sim. Você tem as provas, não tem?

— Tenho! E ele que não brinque comigo, porque já não tenho mais escrúpulos de entregá-lo à polícia.

Ele a encorajou:

— Pois então, Nenê, faça isso imediatamente e coloque um ponto-final nessa história. Todos passarão a acreditar em você. As provas contra Julião são a sua única verdade.

E ela, dominada por enorme lassidão, estendendo-se na cama:

— Vou... vou fazer isso. Agora quero ficar só... descansar...

colocar as ideias no lugar. Tudo isso é demais para mim... estou exausta...

Ele se deitou também e a beijou:

— Eu te quero, Nenê...

— Não, Artur, não... compreenda... por favor, preciso ficar só.

— Dê-me uma esperança... — insistiu ele.

— Como, se nem eu a tenho mais? — respondeu Nenê, desanimada.

— ... de ser minha para sempre — continuou Artur, sem ouvi-la: — Responda! — Ela o encarou por alguns instantes, depois ergueu-se, nervosa, quando ele perguntou: — O que foi?

— Você tem o defeito de pensar só em si mesmo. Isso não me agrada.

— Pensando em mim, estou também pensando em você. Quero tirá-la daqui, para que seja minha.

— Vá embora, Artur, por favor — pediu ela.

Ele se ergueu e a beijou:

— Te adoro. Em qualquer circunstância, eu te adoro.

Depois saiu. Ela fechou a porta pensativa, dominada por estranha desconfiança: e se toda aquela trama tivesse sido urdida por Artur, se ele tivesse preparado tudo para atraí-la, levando-a para o bordel e depois conquistando-a? Foi até o móvel onde estavam as provas contra Julião, abriu a gaveta, pegou o envelope. Não, Artur não podia ter forjado aquelas provas e inventado o crime de Julião. Não tinha mais dúvida de que ele matara mesmo Bernarda e fugira. Sendo assim, era muito mais lógico que a mãe de Bernarda e sua melhor amiga tivessem preparado toda aquela vingança...

Mas, então, por que agora a deixavam só? Não havia resposta para isso. Nenê guardou de novo o envelope, sem coragem de abri-lo, trancando a gaveta, embora com a certeza de que o encaminharia à polícia.

Agora, contudo, o que a dominava era o profundo desejo de esquecer tudo aquilo, desligar-se de uma vida que não parecia a sua, o emaranhado das coisas estonteando-a de maneira absurda. Tomou algumas pílulas recomendadas por Madame e logo adormeceu.

O SEGUNDO ENCONTRO ENTRE ARTUR E JULIÃO

Tomado pela ideia de ajudar Nenê, custasse o que custasse, Artur, em vez de ir embora, do bordel mesmo começou a ligar para todos os hospitais do Rio, à cata de Madame.

— Já falei com três hospitais e nada! — exclamou ele desanimado, pousando o fone no gancho.

E Juliete, a seu lado:

— Não é possível. Madame tem de estar em um deles.

A sineta da porta tocou, uma das moças foi atender, ao mesmo tempo que Artur perguntava:

— Essa Matilde passou mal mesmo?

— Eu não sei de nada. Não sou amiga da Matilde — respondeu Juliete.

A outra moça abriu a porta, e Julião entrou:

— Quero falar com Nenê!

Artur ouviu-lhe a voz e voltou-se em sua direção. Os dois se encararam, todo um longo desespero agora a interpor-se entre eles. Julião foi o primeiro a falar:

— O que está fazendo aqui?

— O mesmo que você.

— Veio procurar Nenê?

Artur assentiu:

— Claro, para ajudá-la.

— Para ajudá-la ou...

Artur interrompeu:

— Não, não... não é nada do que você está pensando! Estou aqui procurando por Madame... para que diga uma palavra qualquer a favor de Nenê.

— E como soube de tudo?

Artur se atrapalhou:

— Você... você contou... não se lembra? Foi você quem

contou! — E mudando de tom: — Eu... eu já estava de saída. Se Madame voltar, Juliete, avise-me.

Artur saiu, apressado, sob os olhos desconfiados de Julião. A outra moça, que tinha ido ao quarto de Nenê, retornou, dizendo:

— Ela está dormindo profundamente. Não posso acordá-la.

Sem ligar para ela, os olhos ainda voltados para a saída, Julião perguntou, um tremor na voz:

— Este homem... que saiu... tem vindo aqui outras vezes?

Juliete, sorrindo, irônica, afastou-se. Ele se voltou para a outra moça e insistiu:

— Ele tem vindo para ver Nenê?

— Muitas e muitas vezes. É o seu mais assíduo amigo... o dono de Nenê Bonet!

Julião, sem querer ouvir mais nada, o rosto contraído por um ódio surdo, deu-lhe as costas e saiu. A moça foi para junto de Juliete, que comentou, enquanto as duas riam, maliciosas:

— Qual! Esses maridos são todos iguais!

O PODER DA FAMÍLIA

Na casa de Eulália, toda a família Vilaça estava reunida. Julião tinha, inclusive, mandado buscar seus pais na fazenda.

Em determinado momento, a campainha da porta tocou, o próprio Julião foi atender, enquanto os outros continuavam a conversar:

— Para que o Julião nos chamou com tanta urgência? — perguntou a mãe.

O pai respondeu:

— Já lhe disse, mulher, nosso filho quer uma reunião com a família para decidir o que fazer com a mulher.

E a mãe, horrorizada:

— Mas é verdade mesmo? Ele encontrou Nenê num... bordel?

Tia Anita concordou:

— É, é verdade, minha irmã. E coisas horríveis aconteceram lá com ela.

Eulália se voltou para a porta, viu Julião atender a um senhor de uns setenta anos e perguntou:

— Aquele que está chegando quem é?

— O único parente vivo de Nenê — respondeu Isabel. — O tio, irmão do pai dela. Julião custou a localizá-lo aqui no Rio.

Tia Anita comentou:

— Conseguiu, felizmente, para que alguém da parte dela dê opinião... para não pensarem que fomos nós que tomamos as atitudes.

A mãe não entendeu:

— Que atitudes?

— Julião acha que Nenê está sofrendo das faculdades mentais — explicou Isabel.

— Não tem outra explicação — falou o pai. — Ela não diz coisa com coisa, não é verdade?

Tia Anita acrescentou:

— Inventou histórias absurdas, mentirosas! Inventou até... um crime para Julião!

Todos, a um só tempo, protestaram, enquanto tia Anita continuava:

— E tem uma coisa muito pior: se ela não está louca, Julião acha que tudo foi preparado para ela ficar com aquele miserável do Artur Menezes.

— Não diga isso, titia! — protestou Isabel.

Nesse momento chegaram o delegado e o dr. Cortes. Ficaram a um canto, conversando com Julião e o tio de Nenê. Os outros continuaram, tia Anita discordando da sobrinha:

— Isabel, enfrente a realidade. Julião, ontem, encontrou-se com o patife lá no... naquele antro! E obteve a confirmação de que ele e Nenê... bem, vocês deem asas à imaginação. Ela e Artur Mendes têm um caso.

Isabel não resistiu à dureza das palavras da tia e correu para dentro, chorando.

— Pobrezinha! Que decepção! — comentou a mãe.

E o pai, surpreso:

— Mas, então, isso é fato? Nenê e aquele moleque...

— É... é fato.

E o pai, desta vez revoltado:

— E Julião ainda quer de volta essa mulher?! Depois de tudo o que ela fez?! Ele devia era largá-la de mão, lá, onde a encontrou.

— E o nosso nome? — perguntou a mãe. — Você se esquece que ela leva o nome dos Vilaça?

Eulália ponderou:

— Julião está apenas tentando limpar nosso nome, meu irmão. É claro que ele não vai mais querer saber dessa mulher.

A mãe se virou para a entrada:

— E agora, aqueles dois homens que chegaram ainda há pouco? Quem são?

Tia Anita respondeu:

— Um deles é o delegado, dr. Duarte. O outro é um médico psiquiatra, o dr. Ivan Cortes.

*

No sanatório, com Nenê sentada diante dele, o dr. Cortes explicou:

— De fato, Julião me procurou e expôs seu caso. Eu me recusei a opinar, pois nem sequer a conhecia. Ele pedia orientação, e eu disse que só a daria depois de minucioso exame em você. Naquele dia, recebi o chamado para ir àquela casa, onde teria um encontro com seu único parente e com o delegado, dr. Duarte.

— O delegado... — murmurou Nenê, parecendo não compreender.

O médico explicou:

— Julião pediu auxílio para tirá-la da casa de Madame Sá. Apresentou queixa no distrito, contou toda a história ao delegado, que ficou impressionado.

Nenê comentou, desta vez com nítida mágoa na voz:

— E o senhor também acreditou nele...

— Nenê, eu não acreditei... mas o fato é que o que aconteceu depois não nos deixava alternativa. Você não pode ter esquecido!

Sem ligar para o que ele dizia, ela perguntou:

— O que ficou decidido naquela noite?

*

Julião e os que haviam chegado se aproximaram dos demais, ele dizendo:

— Expus todo o caso de Nenê e tenho a opinião favorável do doutor delegado, que vai me ajudar a tirá-la de lá.

— Acho bem justo — comentou tia Anita.

— O senhor precisa urgentemente de um advogado — falou o delegado. — Ele saberá o que fazer. Parece-me que será o caso de requerer um mandado de busca e apreensão. Em caso de resistência, o oficial de justiça requisitará força policial, momento em que entrarei em ação.

— E os responsáveis? — indagou o pai.

— Abriremos inquérito e vamos apurar o caso. Os responsáveis sofrerão as consequências — respondeu ele.

Julião se voltou para o velho tio de Nenê:

— O senhor, seu Pedro, está de acordo?

— É horrível saber que minha única sobrinha está em situação tão difícil. Mas já que não existe outra solução... e se ela foi vítima de uma tramoia para atraí-la a um prostíbulo, só me resta apoiar a medida. E acho que ela deve ser posta em prática imediatamente.

Julião se voltou agora para o médico:

— Dr. Cortes, o que acha?

— Acho uma medida drástica. Se a moça está doente, pode chocá-la, traumatizá-la mais ainda. Porém, se, como dizem, ela não pode sair de lá, porque existem seguranças que impedem, acho que a medida policial se faz necessária. Tentaremos depois um tratamento.

Julião exclamou:

— Então, se todos estão de acordo, não devemos perder tempo. — Consultou o relógio: — São oito horas. A sessão em casa de Madame Sá já deve ter começado. Peço aos senhores que me acompanhem até lá.

— Daremos uma batida com reforço policial adequado — acrescentou o delegado.

Como Julião tinha previsto, a festinha no bordel de Madame já havia começado. E uma festinha particularmente animada, comandada por Nenê, que dançava com Sua Excelência, o boné na cabeça, bebendo e rindo muito, aquela alegria como a única forma que encontrara para compensar o que passara ou, quem sabe, como uma espécie qualquer de premonição para enfrentar o que ainda viria.

— Muita alegria, gente! — falou ela para os outros casais que também dançavam. — Hoje é a noite de Nenê Bonet! Estou pagando tudo! Ou melhor, Sua Excelência aqui é que está pagando tudo!

Todos riram, Sua Excelência, já meio trôpego, quase caindo sobre ela.

Juliete ouviu baterem à porta, foi abrir, e o delegado entrou, ao que ela exclamou:

— Ulalá! Seja bem-vindo!

— Eu... vim com alguns amigos — disse ele, fazendo um sinal.

Julião entrou, seguido do dr. Cortes e do tio de Nenê. Por fim, o oficial de justiça. Juliete se assustou:

— O que é? O que querem?

— Estamos aqui para levar Nenê Bonet — respondeu o delegado.

Nenê, nesse exato momento, ainda sem vê-los, jogou o boné para o alto e gritou, alegre:

— Ulalá! Hoje é a noite de Nenê Bonet!

O boné rodopiou no ar. Por ironia, foi cair aos pés de Julião.

CAPÍTULO 10

Juliete, assustada, perguntou:

— O senhor, quem é?

— Delegado de polícia.

Mais assustada ainda, ela retrucou:

— Um momento, por favor. Vou chamar Margot.

Afastou-se, enquanto Nenê, sem vê-los, continuava a dançar. Julião fez menção de ir até ela, mas o delegado o impediu:

— Por favor, tenha calma.

Margot se aproximou, simpática, um sorriso nos lábios:

— Ah, seu delegado... Já o esperava. É o caso da Bonet?

— Estamos aqui para levá-la.

— Estou no lugar de Madame. Não tenho ordem para deixá-la ir.

O delegado perguntou:

— A senhora não recebeu o mandado judicial?

— É... recebi... hoje mesmo. Mas ela não quis ir. O que posso fazer?

— O oficial de justiça que aqui se encontra está cumprindo determinação do juiz.

O oficial confirmou:

— Temos de levar dona Nenê Vilaça.

— E eu estou aqui para fazer cumprir essa determinação — continuou o delegado. — Se ela não vier por bem, irá pela força.

Margot se voltou para Nenê e chamou, alto:

— Bonet... pare! Venha cá!

Todos se voltaram para ela e, desconfiados de que alguma coisa inusitada acontecia, interromperam a música, a dança. Nenê caminhou até eles, irônica:

— Quantas visitas... Isso tudo é para mim?

Margot explicou:

— Você não quis ir com o oficial de justiça, agora vai ter de ir com o doutor delegado.

— Vou ter? Sou obrigada?

E Julião, sem lhe suportar a ironia:

— É, sim, é obrigada! O doutor delegado vai levá-la por bem ou por mal.

Nenê correu os olhos pelo grupo:

— Quem é o delegado?

— Sou eu.

— Ótimo, doutor. Foi bom o senhor ter vindo — disse ela, encarando-o. — Aliás, já o esperava. Há muito tempo estava mesmo para procurá-lo.

— Para quê?

E ela, agora num tom muito sério:

— Para dar queixa do crime cometido por meu marido.

Julião interveio:

— Nenê, isso não vai adiantar! O doutor já sabe que são histórias inventadas!

Nenê gritou:

— Ele matou Bernarda de Sá!

— Minha senhora, é grave o que está dizendo — ponderou o delegado.

Ela continuou, veemente:

— Eu estou aqui, doutor, e estou pagando pelo crime dele. Mas já chega! Agora é ele quem vai pagar! Chegou a sua vez, Julião!

— Ninguém vai acreditar! Você não está regulando bem do juízo, Nenê!

Ela não se deixou impressionar:

— Ele matou Bernarda, sua amante, para se casar comigo. Não que me amasse, mas eu tinha dinheiro, e ele estava em situação difícil. Ela tentou impedir, e ele a matou, numa cidade da fronteira do Brasil com o Uruguai. Depois, fugiu para cá, rapidamente, antes que a polícia uruguaia o prendesse. Bernarda foi enterrada lá. E a polícia está à procura do assassino, à procura dele!

As palavras e a veemência de Nenê eram tamanhas que todos à volta de Julião olharam para ele, acusadores, enquanto ela continuava:

— Ele matou, doutor! Cora e Madame me contaram!

Julião se defendeu:

— Não há Cora nem Bernarda, e Madame desapareceu para não sustentar essa farsa, doutor!

Nenê argumentou:

— Ela desapareceu, mas as provas ficaram! Tenho-as comigo, doutor! Se o senhor quiser esperar um minuto, vou buscá-las! Tenho tudo! Recortes de jornais da época sobre o crime... fotografias dos dois, Julião e Bernarda... nomes de testemunhas que viram o crime e poderão reconhecê-lo quando forem chamadas!

— Por favor, busque essas provas! — pediu o delegado.

— Doutor, o senhor não pode dar atenção às palavras dela! Está fora do seu juízo! Ela enlouqueceu, doutor!

O delegado, no entanto, se manteve firme:

— Quero as provas, dona Nenê... por favor!

— Fiquem aí! Não vão embora, eu vou buscar! Esperem, prometam que me esperam!

— Eu prometo. Vá — disse o delegado, enquanto ela, num açodamento, corria em direção ao quarto.

À volta de Julião, os murmúrios, devido à firmeza demonstrada por Nenê, aumentavam. O dr. Cortes comentou:

— Ela fala com tanta certeza!

O tio de Nenê ameaçou:

— Se essas provas existem, Julião, você vai me pagar por tudo que a minha sobrinha está passando!

No quarto, Nenê, rápida, quase machucando as mãos na quina do móvel, abriu a gaveta onde estava o envelope, pegou-o e voltou para o salão:

— Aqui, doutor, aqui está! Abra o senhor mesmo e veja com os próprios olhos! Exijo depois que prenda esse homem!

Ele pegou o envelope, um silêncio pesado dominando a todos, enquanto, lento, rasgava a parte superior e de dentro retirava um monte de papel picado. Nenê, perplexa, não acreditava no que via. Ele sacudiu o envelope, os últimos pedaços de papel caíram no chão.

— Estas... são as suas provas, dona Nenê? — perguntou, muito grave, encarando-a.

Ela, fora de si, não foi capaz de outra coisa senão gritar:

— Não é possível! Não pode ser! As provas têm de existir! Ele matou Bernarda!

E Julião, calmo, relaxado:

— A prova maior é a sua insanidade mental. Creio que agora não há mais nenhuma dúvida a respeito disso.

O delegado se voltou para o médico:

— Doutor, o caso é mais seu do que meu.

— Seu Julião, o que pretende fazer? — perguntou o médico.

— Interná-la, para tratamento mental! Imediato, doutor! Eu lhe peço... faça isso para salvá-la!

E, acompanhado pelo tio de Nenê, saiu. O delegado fez sinal para os dois homens, que seguraram Nenê, ela a se debater e a reagir, violentamente:

— Ele é o louco, não sou eu! Eu não inventei, não menti! Acreditem em mim! O louco é ele! Não sou eu! Não sou eu! Vocês acreditam em mim, não acreditam? Digam... acreditam?

Os que a rodeavam afastaram-se, alguns lhe dando as costas, enquanto os homens começaram a levá-la para fora, Nenê sempre gritando:

— Não façam isso comigo! Eu não menti!

Desceram as escadas, chegaram à rua, onde uma ambulância esperava por eles, estacionada diante do bordel.

Nenê continuava a gritar:

— Me soltem! Me larguem! Eu não quero ir! Eu não estou louca! Me ajudem! Não façam isso comigo! Me ajudem!

Os homens a colocaram dentro da ambulância, que saiu em disparada. Na rua, restava apenas o vulto de Artur, que, impotente e a distância, a tudo assistia, chorando.

*

No quarto de Nenê, no sanatório, ela se ergueu, acendeu um cigarro e disse, sem encarar o médico:

— E foi assim que vim parar aqui. E até hoje não consegui fazer com que acreditem em mim.

O dr. Cortes ponderou:

— Lamento, mas os papéis picados no envelope das supostas provas foram a sua sentença.

— Ninguém pensou que eu fui enganada?

— Ainda não cheguei a conclusões. Estou tateando.

E ela, depois de uma pausa:

— Quanto tempo faz que estou aqui?

— Um mês.

Ela se estirou na cama, tirou uma longa baforada do cigarro:

— Uma eternidade.

— Você vai ficar boa. Prometo.

Ela reagiu, com rudeza:

— Droga, vá pro inferno! Eu não estou doente. Olha, quer saber de uma coisa? Me deixe em paz, está bem? Não me faça mais perguntas. Eu falo, falo, e você não chega a nenhuma conclusão. Suma!

Ele sorriu e dirigiu-se à porta:

— Descanse. Não lhe farei mais perguntas.

Ele saiu. Nenê ficou sozinha por alguns instantes, até que a irmã veio lhe avisar:

— Seu Artur está chamando a senhora no telefone... no corredor.

Ela se ergueu e foi atender:

— Pronto. Sou eu, Artur... Mais ou menos... Por que não vem? Procurou aquelas duas bandidas?

Ele respondeu:

— Procurei, mas não encontrei nenhuma delas. Não se exalte, meu bem. Escute, tive uma ideia... escrevi uma carta para dona Cora e deixei na chapelaria. Estou certo de que na chapelaria alguém sabe mais do que foi dito. Na chapelaria, mentem, Nenê, quando dizem que não conhecem dona Cora. Não acreditei naquela dona. Deixei a carta lá, e ela me disse: "Bem, se alguém com o nome de Cora de Freitas aparecer aqui, eu entrego sua carta...". Tenho certeza absoluta de que a dona sabe onde está Cora e de que a minha carta vai chegar às mãos dela.

— Por que acha que ela está mentindo? — indagou Nenê.

— Acho porque acredito em você, Nenê.

Ela se emocionou:

— Acredita? Jura, Artur?

— Juro pelo que você quiser. Eu acredito, como acredito em mim mesmo. Deus há de nos ajudar a mostrar a verdade. Se Cora ler minha carta, que é um apelo dramático para tirar você daí, não vai deixar de nos atender. Tenha fé, minha querida. Promete?

E ela, cada vez mais emocionada:

— Está bem, Artur, eu tenho fé. Obrigada, ouviu? Obrigada por abrir para mim essa nesga de sol.

Nenê desligou e depois, sem se conter, apoiada à parede do corredor, deixou-se dominar por um pranto muito sentido, prolongado.

AS DÚVIDAS DE JULIÃO

— Nenhuma conclusão? — perguntou Julião, que aguardava pelo médico, em sua sala.

— Nenhuma definitiva. O fato é que estamos diante de um caso complicado. Não tenho dúvida de que ela está realmente doente. Porém, não posso concluir se foi envolvida em toda essa trama por aquelas duas mulheres, para explorar seu corpo, ou se... bem, creio que só o tempo nos dirá a verdade.

— Eu vou mais longe. Estou certo de que Cora não existe e de que Madame, embora exista, não teve nenhuma participação no caso. Nenê imaginou tudo... e contou com a colaboração daquele tipo à toa, o almofadinha do Artur Menezes.

— Bem, encerremos por hoje. Estou cansado.

Julião se ergueu:

— Cuide bem dela, doutor. Não me afastarei do Rio enquanto ela não melhorar. Volto mais tarde ou amanhã. Bom dia.

— Bom dia — respondeu o médico, enquanto Julião saía.

UMA VISITA INESPERADA

Artur falava com o recepcionista do Hotel Avenida, onde estava hospedado:

— Olhe, se alguém ligar para mim, estou no 302. Meu nome é Artur Menezes. Estou esperando comunicação de uma senhora chamada Cora de Freitas.

— Pode deixar — falou o sujeito.

Um *boy* se aproximou:

— Seu Artur Menezes?

— Sou eu, rapaz. O que foi?

— Uma moça quer falar com o senhor.

E Artur, aflito, correndo os olhos em torno:

— Onde?

O rapaz apontou na direção de uma moça de costas para eles:

— Ali... aquela de azul e chapéu preto.

Artur, sem reconhecê-la, mas supondo que fosse Cora, quase correu em sua direção:

— Queria falar comi... — Ele não terminou, mal escondendo a decepção, pois ela se virara. Era Isabel. — Ah, Isabel!

Pensei que... bem, isso não tem importância — falou ele, seco.

Ela retrucou, rancorosa, sentida:

— Esperava que a minha cunhada deixasse o hospital e viesse a seu encontro?

— Não, não é isso. Por que sua cunhada?

— Podemos conversar? — continuou ela, sem responder.

— Pois não. Podemos nos sentar ali, naquelas poltronas. Mas que loucura você vir me procurar sozinha num hotel!

Sentaram-se, e ela disse:

— Estou tão revoltada que já não ligo para esses preconceitos idiotas. Por que uma moça não pode procurar um homem num hotel e o homem pode procurar por uma mulher em qualquer parte... até no inferno?

Ele a encarou:

— Por que está revoltada, Isabel?

— É você a razão de minha revolta.

— Que mal lhe fiz?

— Deixou-me gostar de você, para vir procurar Nenê e com ela manter um caso indecoroso...

Ele desviou os olhos:

— Prefiro não discutir isso. Só lhe digo que não se trata de um caso indecoroso...

E ela, cada vez mais tensa:

— Pior, muito pior do que isso. Uma indecência, uma vergonha! Não pode negar o que houve entre você e Nenê, na casa de uma tal Madame Sá. Eu sei de tudo. Meu irmão me contou.

— Não nego. Só digo que se trata de um caso muito sério, porque amo Nenê e jurei a mim mesmo salvá-la, tirando-a daquele sanatório onde seu irmão a jogou.

— Meu irmão não a jogou lá. Ela está sofrendo das faculdades mentais. Você ama uma mulher demente!

— Não creio nisso.

— Em que você crê, então?

— Nela... no meu amor por ela!

— Você é um cínico! — disse ela, rude.

— Por não ter a coragem de mentir para você?

— Porque me usou para se aproximar dela. Fingiu que gostava de mim para estar ao lado dela.

Ele se desculpou:

— Não posso negar. Estava fora de mim. Perdoe-me...

Isabel, trêmula, se ergueu, e ele fez o mesmo:

— Foi só por isso que veio me procurar?

Ela respondeu:

— Não. Eu vim para isso!

E deu-lhe uma violenta bofetada no rosto, afastando-se, enquanto ele dava um pequeno grito de reação ou de dor. As pessoas no entorno voltaram-se na direção dele. O recepcionista se aproximou:

— Posso ajudar, senhor?

— Não... obrigado — respondeu ele, caminhando até o elevador, indo para o quarto. Lá, diante do espelho da pia, lavou o rosto, avermelhado, dolorido, a mão de Isabel desenhada em sua face como um estranho e inusitado arabesco.

Quanto a Isabel, assim que chegou à casa de Eulália, contou o ocorrido a Julião.

— Você foi procurá-lo no hotel? — espantou-se ele.

— Tive que ir. Há várias noites não durmo, de tanto ódio.

— Foi rebaixar-se, minha irmã? Teve coragem?

— Não fui me rebaixar... fui desabafar.

— Como?

— Sinto-me mais leve agora. Disse-lhe tudo o que ele tinha de ouvir e bati-lhe em pleno rosto.

— Isso vai adiantar alguma coisa?

— Já adiantou. Saí de lá mais leve. Ele precisava sentir o quanto me ofendeu, usando-me para se aproximar de Nenê.

Julião foi duro:

— Ele merece mesmo é um tiro.

— Ela também — falou Isabel, igualmente dura.

Julião discordou:

— Ela está muito doente. O dr. Cortes chegou à conclusão de que ela imaginou toda aquela história fantástica, absurda, de Coras e Bernardas...

— Ela vai ficar internada?

— Vai.

— Até quando?

Ele fez um gesto vago:

— Até começar a retornar à realidade, talvez...

ARTUR E O FIO DA MEADA

Na manhã do dia seguinte, bateram à porta do quarto de Artur. Ele abriu, e o *boy* lhe disse:

— Tem uma mulher lá embaixo... esperando pelo senhor.

— Uma mulher? Quem?

— Não sei. Mandou chamar o senhor. Ela quer lhe falar, com urgência.

— É a mesma moça de ontem? — perguntou ele, meio desconfiado.

— Não. Não é a moça de ontem.

— Já vou. Obrigado.

Fechou a porta, trocou de roupa e desceu, dirigindo-se à recepção:

— Bom dia. Recebi o aviso de que uma senhora está me esperando. Onde está ela?

— É verdade — falou o recepcionista, acrescentando: — Mas ela não pôde esperar, estava com o táxi aí na porta. Deixou um bilhete.

Procurou o escaninho correspondente ao quarto 302, pegou um envelope e o entregou a Artur.

— Obrigado. Ela disse o nome? — indagou ele.

— Dona Cora de Freitas.

Artur, sôfrego, abriu o envelope, ansioso para ler o bilhete:

> Estive à sua procura. Recebi sua carta e preciso falar-lhe, com muita urgência. Espere-me hoje, ao meio-dia, na Confeitaria Colombo. O senhor não me conhece. Para identificar-me,

fique junto ao pianista Sampaio. Ele está a par de tudo. É meu amigo, estarei junto dele. Espero-o, sem falta.

Cora de Freitas

O recepcionista, notando-lhe a excitação, indagou:

— Algum problema?

— Hein? Problema? — fez ele, e logo depois, com um largo sorriso: — Ao contrário! Que horas são?

— Quinze para as onze.

Sem esconder a satisfação, Artur exclamou:

— Dá tempo, sim... dá muito tempo! Chame um carro de aluguel, por favor. Tenho de estar antes do meio-dia na rua do Ouvidor.

*

Assim que entrou na Colombo, Artur se dirigiu, aflito, ao pianista, e mais aflito ficou quando não viu nenhuma mulher ao lado dele. Sampaio se voltou em sua direção.

— Pois não...

— Sou Artur Menezes. Recebi um bilhete de dona Cora de Freitas...

— Sente-se ali naquela mesa — falou Sampaio. — Ela já vem.

Artur se dirigiu à mesa indicada, acomodou-se e pôs-se a esperar. De repente, viu uma mulher se aproximar de Sampaio, conversar baixinho com ele, dar-lhe um beijo no rosto e vir em sua direção. Ele se ergueu:

— Dona Cora...

— Sou eu mesma. Como está?

— Nervoso... ansioso... a senhora imagina...

— Acalme-se. Vamos conversar.

Sentaram-se, e ele disse:

— Vendo a senhora, tenho vontade de chorar.

— Ama tanto assim a nossa Nenê?

— Se leu minha carta, deve conhecer a extensão de meus sentimentos.

Cora, num gesto amigável, estendeu as mãos por sobre a mesa, pegou as dele:

— Eu li... comovi-me... por isso estou aqui. Não era minha intenção voltar. Mas seu apelo foi dramático.

— Foi sincero. Nenê precisa ser salva.

Ela comentou, o ar sincero:

— Podia esperar tudo, menos que seu Julião confinasse Nenê num sanatório para doentes mentais.

Artur fez um gesto desarvorado:

— A situação dela está cada vez pior. Só a senhora poderá ajudá-la, se aparecer e confirmar que ela sempre disse a verdade.

E Cora, depois de um pequeno silêncio:

— Pensei, pensei muito. E estou preparada.

— Para salvá-la?

— Vou ao sanatório falar com ela.

— Com a graça de Deus! — exclamou ele, aliviado. Depois, num gesto de arrebatado agradecimento, beijou-lhe as mãos. — Estou certo de que a senhora tem justificativas mais do que convincentes para tudo o que aconteceu.

— Eu tenho.

— Então... procure por Nenê hoje mesmo...

Ela concordou:

— Está bem. Será hoje mesmo.

— Posso levá-la!

Ela novamente concordou:

— Quero que avise seu Julião que estarei lá. É importante que ele tenha a certeza de que eu existo. Pode avisar também os médicos.

— O dr. Cortes. Eu avisarei...

Ela continuou:

— Só imponho uma condição... não quero falar com o senhor Julião... nem quero vê-lo... ele pode querer atrapalhar. Repito: só irei com a condição de ele estar lá, mas não se aproximar de mim.

Artur concordou, ela acrescentou:

— O senhor pode então ligar para o hospital e para o senhor Julião. Sairemos daqui em seguida.

Ele se ergueu, sobre o balcão havia um telefone. Ligou para o hospital:

— Quero falar com o dr. Ivan Cortes. É urgente... Alô? Dr. Cortes? Artur Menezes. Tenho uma boa notícia. Encontrei dona Cora de Freitas. É verdade! Ela está aqui comigo! Eu a estou levando agora para o hospital... ela quer um encontro com Nenê. Olhe, dentro de uma hora, no máximo, estaremos aí. Até lá.

Artur desligou, imediatamente pediu à telefonista nova ligação, desta vez para Julião.

*

Eulália, tia Anita e Isabel almoçavam, enquanto Julião falava ao telefone com Artur:

— Tem certeza? Cora de Freitas?! Mas ela existe mesmo? Como é possível? Apareceu? Onde está? Vai falar com Nenê? Quando? Irei imediatamente ao hospital! Que condição? Não quer falar comigo por quê? Mas não vou atrapalhar, só quero saber quem é essa criatura! Está bem, está bem, não importunarei. Só preciso vê-la. Irei, irei imediatamente!

Julião desligou, aproximou-se da mesa, tia Anita perguntando:

— O que aconteceu?

Ele respondeu, cheio de dúvida:

— Isso não está me cheirando bem. Ou é uma tapeação do sem-vergonha do Artur ou... ou sei lá o quê...

Tia Anita insistiu:

— Mas o que foi?

— A tal Cora de Freitas apareceu e está a caminho do hospital para falar com Nenê.

Isabel não pôde esconder a surpresa:

— Então... ela existe?

Ele fez um gesto vago:

— Que sei eu? Não estou entendendo nada!

— Quero ir com você! — pediu Isabel.

Tia Anita discordou, com firmeza:

— Não... você não vai a lugar algum. Você já se expôs demais nesse caso.

Julião vestiu o paletó:

— Bom... tenho de ir.

Encaminhou-se para a porta, antes de sair ainda ouviu as recomendações de tia Anita.

— Tenha cuidado, meu filho... pode ser tudo um novo engano...

CORA E NENÊ

Nenê explodiu numa alegria de criança quando o médico lhe contou o que estava acontecendo:

— É verdade mesmo? Artur encontrou Cora? Encontrou?

— Encontrou, e ambos estão a caminho deste hospital.

— Oh, meu Deus! Oh, meu Deus! Isso é bom demais! O senhor vai ver que não inventei nada! Que Cora existe!

O médico recomendou:

— Quero que se mantenha muito calma, sem levar as coisas tão a sério. Pode ser que tudo não passe de...

Ela o interrompeu, sôfrega:

— Do quê?

E ele, cauteloso:

— Não sei... suspeito de alguma coisa. A presença desta mulher é tão importante para seu caso que ainda não estou acreditando que seja verdade.

Nenê foi até a janela, olhou para fora e virou-se para ele, o ar triunfante:

— Mas é verdade! Cora e Artur acabam de chegar!

O médico correu até a janela, perguntou:

— É ela?

— Ela mesma... dona Cora de Freitas.

Lá fora, em meio ao jardim, Cora parou, voltou-se para Artur.

— Senhor Artur, pode deixar que eu vou até o quarto de Nenê sozinha. Não quero que nada nos importune.

— Está bem — concordou ele. — Estarei por aqui, esperando. Faça tudo por ela, é só o que lhe peço. O quarto é o 212.

Cora se afastou, daí a instantes a irmã entrava no quarto de Nenê, anunciando:

— Está aí uma mulher... uma tal de dona Cora.

— Faça-a entrar — falou o médico.

A irmã saiu. Depois de rápido intervalo, Cora surgiu. Nenê olhou para ela, sem ação, os olhos cheios de lágrimas, mal podendo murmurar:

— Cora! — E depois, exclamando: — Até que enfim! — Lançou-se em seus braços.

— Juízo... calma... calma... — disse Cora, como se mimasse uma criança.

— Eu a esperei tanto! — Nenê finalmente se recuperou, soltou-a e virou para o médico: — Desculpe, quero apresentar o dr. Cortes, meu médico.

Cora estendeu-lhe a mão:

— Muito prazer, doutor.

E ele, sem disfarçar a satisfação:

— Não imagina como esse prazer é só meu.

Cora sorriu:

— Posso falar com Nenê em particular?

— Ela é toda sua. Estarei em meu consultório. Preciso falar-lhe também.

— Eu o procurarei... depois.

O médico saiu e fechou a porta. Cora, então, disse, com a voz sentida:

— Preciso do seu perdão.

— Seja qual for o motivo que a obrigou a desaparecer, eu a perdoo, porque você voltou.

— Quero ajudá-la.

Nenê pediu:

— Tire-me daqui. Conte-lhes a verdade, que só você sabe qual é.

— O que fizeram com você?

— Tomaram-me por louca, depois que viram que aquelas provas eram apenas papéis picados.

Cora se condoeu:

— Minha pobre Nenê.

— Por que fez aquilo?

A outra respondeu, evasiva:

— Você terá explicações para tudo. Só vim agora lhe dizer que vou ajudá-la da única maneira que encontrei.

— Vou sair daqui?

Cora fez que sim com a cabeça.

— Espero que ainda hoje. Prometo. Confia em mim?

— Confio.

— Então fique tranquila. — E depois, em outro tom: — Daqui pode-se ver as pessoas que entram no hospital?

— Pode, sim.

Cora foi até a janela:

— Seu marido já chegou?

— Ainda não. Parece que foi avisado. Deve estar a caminho. Vai falar com ele?

Cora se voltou para ela, uma brusquidão inusitada a dominar-lhe os gestos:

— Vou tirá-la daqui. É o que importa.

Nenê chegou até a janela, olhou para fora, viu o marido conversando com o médico no jardim:

— Julião acabou de chegar.

— Então vou indo. Diga que me perdoou.

Nenê a abraçou:

— Eu a perdoo de todo o coração... seja qual for a razão de tudo isso...

Ficaram assim por um instante. Cora a chorar de mansinho, as lágrimas escorrendo pelo rosto.

UM TRÁGICO ENCONTRO

No jardim, o médico disse para Julião:

— Estão as duas lá em cima, sim.

— Como é essa mulher? — perguntou Julião. — Estou ansioso para saber quem é e o que tem para dizer.

— Ela vai falar comigo. Deve ir ao meu consultório.

Julião encarou-o, sério:

— Dr. Cortes, eu lhe peço encarecidamente que me deixe falar com ela primeiro. Não posso conter minha curiosidade.

O médico pensou alguns instantes, antes de responder:

— Está bem... mas no meu consultório. Ela pediu para ninguém atrapalhar seu encontro com dona Nenê.

— Eu irei ao seu consultório.

— Pode ir. Estarei aqui esperando por ela.

Julião se afastou, cruzou o jardim, entrou no hospital.

Cora, no consultório do dr. Cortes, esperava, em pé, de costas para a porta, uma pequena bolsa numa das mãos, um cigarro na outra. Fumava de maneira nervosa, a fisionomia tensa.

De repente, a porta se abriu, e Julião entrou. A mulher não se voltou de todo em sua direção. Ao perceber seu perfil, ele se espantou e a chamou, a voz insegura:

— Bernarda?

Só então ela se voltou completamente para ele, o rosto transido de ódio. Julião não acreditava no que via:

— Mas... é você? Você?!

Ela abriu a bolsa, tirou de dentro um pequeno revólver e o apontou na direção de Julião.

— O que é isso?! O que vai fazer?!

E ela, o mesmo ódio na voz:

— O que já devia ter feito há muito tempo!

Apertou o gatilho, o tiro acertou em cheio o peito de Julião. Ele caiu, ela fez novo disparo.

A porta se abriu, e dr. Cortes e Artur entraram, assustados.

— Julião! — gritou o médico quando o viu caído, e depois ajoelhou-se ao seu lado para auscultar-lhe o coração.

— O que a senhora fez? — perguntou Artur.

Parecia que ela se tinha livrado de um grande peso:

— O que ele merecia.

— Quem é a senhora? — perguntou de novo Artur.

E ela, com a mesma calma de antes:

— Eu sou Bernarda!

O médico ergueu-se e gritou:

— Prendam esta mulher! Ela acaba de matar Julião Vilaça! Prendam esta mulher!

O PREÇO AMARGO DA LIBERDADE

Artur, no dia seguinte, aguardava, impaciente, na porta do sanatório. Finalmente, Nenê surgiu, acompanhada do médico e da irmã, que lhe carregava a mala. Detiveram-se à sua frente, ele dizendo:

— O carro lá está esperando.

— Que fim levou Bernarda? — perguntou ele.

— Está presa — respondeu o médico.

Nenê se sentiu penalizada:

— Pobre mulher...

Artur apressou-a:

— Vamos... se quer alcançar o enterro de Julião.

Ela fez um gesto negativo com a cabeça:

— Para mim basta. Eu não quero ir ao enterro.

— Não convém, estou de acordo — atalhou o médico.

E ela:

— Não é o senhor quem deve estar de acordo. Deste momento em diante, eu sou dona dos meus atos.

— Desculpe-me... esqueci... de fato. — O médico sorriu.

Artur perguntou:

— Afinal, neste caso, quem era o doente mental, em sua opinião?

O médico deu de ombros:

— Ninguém. Nem Bernarda.

— E Madame Sá? — voltou a perguntar Artur.

— É a mãe dela. Está ao lado de Bernarda o tempo todo, desde ontem.

Nenê correu os olhos ao redor, olhando demoradamente para aquele lugar onde tanto sofrera:

— Estou ansiosa para sair daqui.

Artur pegou-a pelo braço:

— Venha. Eu a farei esquecer tudo o que aconteceu.

Doce, mas firmemente, ela se desvencilhou dele:

— Não, Artur. Quero ficar sozinha. — Fez uma pequena pausa, continuou, com um sorriso triste nos lábios: — Lutei tanto para ser livre... mas só agora entendo que consegui a liberdade errada... eu não devia... eu não precisava me prostituir para ser livre...

Ele balbuciou, a voz trêmula:

— Mas eu... posso ajudá-la.

— Em quê? Devo lutar, sozinha, para encontrar a verdadeira liberdade. Se conseguir isso, um dia você terá notícias minhas.

Pegou a mala das mãos da irmã:

— Adeus.

Deu-lhe as costas, começou a cruzar o jardim, desapareceu por entre as aleias, em direção à saída.

O ROMANCE ÚNICO

Denise Emmer

Minha mãe escrevia em casa, usando uma máquina antiga de teclas altas que soavam como um piano de uma nota só. Enquanto criava, voltava-se para o seu imenso mundo imaginário. Uma fantasia repleta de amores intensos proibidos, vilões passionais, mulheres vigorosas à frente de seu tempo, mágicos, heróis de extrema valentia, bandidos astutos e seus crimes bem engendrados. Paixões.

Ela parecia querer se esconder atrás dessa máquina peculiar, camuflar-se, caso pudesse, para dar vida e voz aos seus personagens e os deixar voar livremente nos rumos das histórias. Achava que o escritor era um comandante oculto de marionetes e que seu papel se restringia a manipulá-los no cenário.

Assim se revelava diante dos fãs nas poucas aparições públicas, quando concedia entrevistas ligeiras para logo terminar o suplício de falar diante das câmeras de TV. Sua imagem era a de uma mulher sofisticadamente simples. A mãe de família que colocava seus filhos como prioridade e, em segundo lugar, o trabalho. Suas novelas.

Do imenso sofrimento com a perda súbita do filho caçula, meu irmão Marcos, à criação compulsiva — escreveu seguidamente histórias com a facilidade criativa que a tornou incomparável —, foi um breve salto no tempo. O que a fez sobreviver àquela perda, sem dúvida, fomos nós, seus três filhos, e o amor pela arte de escrever folhetins, bem como a receptividade por parte de um público que, de fato, queria sonhar ou mesmo escapar por algumas horas da realidade opressiva.

O povo brasileiro, sempre tão sofrido e oprimido, a aplaudia de pé e era o grande protagonista das audiências campeãs. E, durante os anos 1970 e o início dos anos 1980, o Brasil parava por dois motivos: a Copa do Mundo, quando na seleção brasileira jogavam craques que pareciam desafiar a lei da gravidade, e o último capítulo das novelas de Janete Clair, quando seria desvendado o mistério de um crime, como o antológico “Quem matou Salomão Hayala?” da novela *O astro*.

Saudar *Nenê Bonet*, seu único romance, cujas características nos remetem à origem da prosa folhetinesca na França do século XIX, da qual se destacam nomes como Eugène Sue e Alexandre Dumas, é reconhecer a riqueza híbrida e ambígua dessa obra. Nela, Janete Clair alia o romance policial ao folhetim num mesmo respiro, além de dar destaque ao tema amoroso com intensos diálogos e um elemento fortemente psicológico, junto ao fator surpresa. E, se segundo Gustave Flaubert o segredo das obras-primas está na concordância do assunto com o temperamento do autor, *Nenê Bonet*, portanto, consegue arregimentar todos os ingredientes necessários para uma leitura envolvente repleta de situações que se sucedem progressivamente à medida que folheamos suas páginas.

A personagem Nenê, uma mulher que se liberta das cercas de uma fazenda familiar para flanar nos salões de um bordel, nos arrebata do início ao fim como um enigma, à medida que, a cada capítulo, é plantada nos leitores a dúvida sobre sua sanidade mental, assim como toda a trama que a envolve nos leva a um final surpreendente, característica da grande autora, a quem tenho o orgulho de chamar de mãe, Janete Clair.

Escrever este texto para a nova edição de *Nenê Bonet* me faz relembrar da noite de autógrafos em que se celebrou o lançamento do único romance de minha mãe. Insegura, qual uma debutante, como se esse evento fosse seu primeiro contato com o público, ainda que fosse uma escritora de telenovelas consagrada, Janete ameaçou não comparecer, alegando: "Eu não sou uma intelectual para sentar-me a uma mesa de autógrafos. Sou uma novelista que escreve sobre o povo e para o povo".

Meu pai, o também inesquecível dramaturgo Dias Gomes, a encorajou e prometeu que seria uma bela noite. De fato, Janete adentrou o salão onde aconteceria o evento ao lado do marido, que a conduzia da mesma maneira como me conduziu ao portão do colégio Santo Agostinho quando prestei o vestibular para o curso de Física, uma vez que eu, cabisbaixa, tremia como vara verde e sentia náuseas de tanto nervosismo.

Como era de esperar, a noite foi um sucesso. Dos admiradores aos atores e amigos da ocasião, todos se alinharam na extensa fila para colher um autógrafo, o que a deixou feliz e aliviada — ainda que, antes do evento, por conta da expectativa que esses momentos costumam gerar, ela tenha pedido a nós, eu, meus irmãos e meu pai, para ficarmos próximos, ao redor da mesa, junto aos livros.

*

Nascida em 25 de abril de 1925, neste ano completa-se seu centenário. Se viva fosse, é certo que estaria inventando enredos de histórias fantásticas, pois possivelmente a realidade atual a levaria para outro caminho dramatúrgico, a fim de retratar este mundo tão inóspito e hostil que, além das incertezas e da crescente violência, dá sinais de severos estragos climáticos. No entanto, também é certo que ela haveria de crer que o amor ainda nos rodeia como uma nuvem suspensa pronta para chover.

Janete Clair, minha saudosa mãe, partiu cedo para os padrões atuais, aos cinquenta e sete anos, mas deixou um legado de imensa criatividade e, mais do que isso, uma escola a ser seguida e proclamada como fonte da teledramaturgia brasileira. Esta nova edição de *Nenê Bonet*, para a qual tive a honra de escrever este posfácio, que chega aos leitores pela editora Instante, com tratamento gráfico e textual cuidadoso e caprichado e uma belíssima capa — aliás, característica da editora —, é, sem dúvida, um volume à altura da comemoração do centenário dessa consagrada autora.

Denise Emmer nasceu em 1958, no Rio de Janeiro. Graduada em Física e em Música, é poeta com dezenas de livros publicados e diversos prêmios nacionais e internacionais, entre eles o Prêmio ABL de Poesia (2009) e o Prêmio Alceu Amoroso Lima Poesia e Liberdade (2021). Em 2024, foi semifinalista do Prêmio Oceanos na categoria prosa com o romance *O barulho do fim do mundo* (Bertrand Brasil). Na música, também construiu uma sólida e renomada carreira. Desde 2001 é violoncelista da Orquestra Rio Camerata e da Camerata Dias Gomes e integra outros grupos de câmara, entre eles o Trio Movimento Musical ao lado de Lélia Brasil e José Paulo Romeu.

ACERVO DA FAMÍLIA

Janete Clair, década de 1970. Quando a autora faleceu, em 1983, Dias Gomes emoldurou cópias deste retrato e distribuiu para os filhos e parentes mais próximos.

JANETE CLAIR — A NOVELISTA QUE MOLDOU AS EMOÇÕES DE UM PAÍS

Mauro Alencar

Em um sábado de 1970, eu, aos oito anos, fui com minha avó Ilyria, como costumeiramente fazíamos, ao Mappin, loja de departamentos no centro de São Paulo. Meu objetivo naquele dia era comprar um Forte Apache, brinquedo que aos meus olhos era tal e qual o cenário de *Irmãos Coragem*, uma aventura que eu acompanhava todas as noites pela TV.

Lembro-me até hoje do entusiasmo do lojista ao dizer que a novela havia aumentado, e muito, a venda do brinquedo. As personagens, os cavalos, a cidade cenográfica — a primeira da Globo e a segunda do Brasil — desenvolvida por Mario Monteiro (emblemático cenógrafo da TV), a atmosfera do enredo, as tramas, tudo, enfim, misturava ficção e realidade. Era o primeiro sucesso arrebatador no horário das oito da noite da TV Globo, unindo o país de ponta a ponta, sendo assunto em todos os cantos: no elenco da produção, Tarcísio Meira, Cláudio Marzo, Cláudio Cavalcanti, Glória Menezes, Regina Duarte, Gilberto Martinho, Zilka Salaberry, Mirian Pires, Lúcia Alves e Milton Gonçalves, entre outros talentos; na direção geral, Daniel Filho; e à frente da construção da trama e dos personagens estava Janete Clair.

A partir da década de 1970, não faltou quem reconhecesse o admirável talento dessa autora. Desde o título de "usineira de sonhos", proferido por Carlos Drummond de Andrade, até o de "maga das oito", devido aos sucessivos êxitos no "horário nobre" da televisão brasileira, todos sabiam que Janete Clair era a "senhora dos nossos sonhos". O reconhecimento foi tanto e tão longevo que, em 2007, foi homenageada no Congresso Mundial da Indústria da Telenovela e Ficção, em Barcelona.

Em 2025, ano em que se completa o centenário de nascimento dessa mulher tão emblemática na história da televisão brasileira, a editora Instante, empenhada no resgate e na ressignificação de obras há muito fora das livrarias, presta sua homenagem com esta nova edição de *Nenê Bonet*. Originalmente, a trama desenvolvida por Janete Clair foi publicada em dez capítulos na revista *Manchete* aos sábados, de 22 de março a 24 de maio de 1980, com ilustrações de Aldemir Martins e a atriz Christiane Torloni como modelo fotográfico da personagem-título. Meses depois da publicação na revista, os capítulos foram reunidos em livro por Eduardo Borsato. O sucesso foi tanto que surgiu a oportunidade de levar a obra ao cinema, com roteiro de Silvio de Abreu, produção de Jece Valadão e a atriz Vera Gimenez como protagonista. Entretanto, o projeto não obteve o financiamento necessário.

Janete Clair, que naquele momento já havia alcançado recordes de audiência com suas telenovelas no Brasil, na América Latina e em Portugal, brindava o leitor com a história da filha única, muito desejada pelos pais, de uma família da aristocracia rural do Rio de Janeiro na década de 1920. Ernestina, Nenê, fora criada de maneira tradicional, com todos os confortos possíveis, e preparada para ser uma boa esposa. Às vésperas de completar dezoito anos, após a morte da mãe, se casa com um "bom partido" arranjado pelo pai, que também já antevia a proximidade de sua morte. Meses depois do casamento com Julião, que não vai bem e coloca Nenê em uma situação de vulnerabilidade e muita angústia, ela se vê enredada em uma misteriosa trama que a leva a uma mudança radical em busca de emancipação e a faz questionar tudo que conhecia como verdade sobre o amor, a sexualidade e o ser mulher.

Tendo como cenário o Rio de Janeiro do início do século XX — que tentava se firmar como capital cosmopolita, influenciada pelo estilo da *belle époque* parisiense, com as famosas confeitarias e bordéis de luxo —, Janete Clair cria rico paralelo entre o desenvolvimento da protagonista e o da cidade do Rio de Janeiro. Entre episódios de muito suspense e reviravoltas, combinando os ingredientes típicos de um bom folhetim (sobre os quais falaremos adiante) ao clima de romance *noir* e à intensidade das emoções do melodrama, a protagonista trilha um longo e tortuoso caminho rumo à liberdade e ao amadurecimento. Em tom melancólico, Nenê transita dos devaneios oníricos com Rodolfo Valentino à realidade crua dos relacionamentos tóxicos com homens reais.

*

Ao considerar o contexto em que esse experimento folhetinesco de Janete Clair foi escrito, o início da década de 1980, era um período de revolução e liberação dos costumes; o ápice da terceira onda feminista, em que predominavam a busca pela igualdade de gênero e a redefinição dos papéis da mulher na sociedade, sobretudo no que dizia respeito a casamento e sexualidade. Ainda que o país permanecesse sob um regime político ditatorial que cerceava a abordagem de certos temas e submetia as produções culturais à avaliação de censores, foram destaques da programação da TV Globo programas como o especial musical *Mulher 80*, reunindo cantoras e compositoras em evidência na MPB, o seriado *Malu mulher*, que apresentou tramas e personagens sob uma perspectiva inovadora, e o jornalístico diário *TV Mulher*. A própria Janete já havia criado a primeira heroína a casar-se grávida de outro homem que não o marido, a personagem Carina interpretada por Elizabeth Savala em *Pai herói*. E Helena Silveira, pioneira cronista da TV, exultava a obra de Simone de Beauvoir e as personagens femininas de Janete Clair, a exemplo da batalhadora Consolação (Eloísa Mafalda, em *O astro*).

A década retratada em *Nenê Bonet*, por sua vez, foi a de 1920, em que também se observou uma mudança de costumes, sobretudo no comportamento das mulheres, que começavam a reivindicar maior espaço na sociedade. Isso se refletiu na moda, à medida que artistas, como Josephine Baker, influenciaram o estilo de vestimenta e os cortes de cabelo das mulheres da elite, e aos poucos o visual da melindrosa (*flapper girl*), inicialmente chocante para os padrões, ganhou as ruas das grandes cidades também no Brasil. Aos leitores atentos não passará despercebido que Nenê dá os primeiros passos rumo à liberdade cortando os cabelos, trocando os vestidos brejeiros por trajes mais fluidos e se entregando ao maxixe e ao charme das piteiras para compor sua persona renovada, ou seja, se torna quase uma melindrosa em pleno centro do Rio de Janeiro.

*

Duas formas narrativas populares, cujas características estão nas origens tanto do romance (enquanto forma literária) como da radionovela e, posteriormente, da telenovela, podem ser observadas na elaboração de *Nenê Bonet*. A primeira, o melodrama, gênero originário da ópera italiana do século XVII, é marcada pelo exagero na expressão dos sentimentos, no predomínio de diálogos e situações mirabolantes que marcam alterações drásticas na trama, algo presente em dramas domésticos, com intrincados enredos sentimentais, eventualmente construídos em torno de episódios históricos. O sentimento e o aspecto humano assumem o protagonismo. A ação na condução da história é quase um imperativo para que se estabeleça a comunhão com o público a fim de emocionar, comover e criar identificação. São elementos essenciais a obras ficcionais de caráter melodramático e folhetinesco a reparação da injustiça e a busca da felicidade amorosa, bem como uma eventual passagem de alívio cômico promovida de maneira natural pela ação de determinada personagem.

A segunda forma narrativa é o folhetim, e, como mencionado, foi nessa estrutura que ocorreu a primeira publicação de *Nenê Bonet*. O folhetim nasceu na França na primeira metade do século XIX, em um contexto pós-Revolução Francesa. Na década de 1830, a comercialização de impressos era complexa, sobretudo por causa das pesadas taxas impostas para publicações. Émile de Girardin e Armand Dutacq revolucionaram esse cenário quando, em 1836, lançaram o jornal *La Presse*. Nele, a novidade era a venda de espaços publicitários, nos quais um anunciante pagava para fazer propaganda de sua atividade comercial, o que tornava mais viável economicamente a operação. Para garantir a assiduidade dos leitores, Girardin criou uma seção ao fim de cada página do jornal destinada a assuntos diversos: ensaios, crônicas, crítica teatral, notas de coluna social. E deu ao rodapé da página o nome de "Feuilleton" (que, em francês, significa "pequeno caderno cujo tamanho corresponde a um terço da folha de impressão"). O sucesso do *La Presse* foi imediato. Desfeita a sociedade com Girardin, Dutacq fundou o *Le Siècle*, e foi nesse periódico, em agosto de 1836, que se deu a publicação da primeira narrativa em capítulos. Não era ainda, no entanto, uma produção original, pensada para o formato, mas a novela picaresca espanhola *Lazarillo de Tormes*, de autoria desconhecida e, possivelmente, múltipla, datada de 1554. A partir de então a seção caiu no gosto dos leitores, e histórias originais foram encomendadas, como *La vieille fille* [A velha filha], de Honoré de Balzac, e *Les mystères de Paris* [Os mistérios de Paris], de Eugène Sue, considerado um dos mestres do gênero.

E o que caracterizava tanto os folhetins, a ponto de torná-los uma forma narrativa modelar para muito do que se construiu na indústria cultural de massa desde então? A publicação seriada, a criação de tramas com boas doses de suspense e mistério — sempre amarradas com ganchos de fácil entendimento e reviravoltas impressionantes — e temas universais — conflitos amorosos, vingança, dilemas morais e busca pela justiça — garantiam o incentivo para que os leitores não perdessem a próxima edição. As personagens eram muito bem definidas: heróis, vilões, o tolo do alívio cômico, donzelas em perigo, mocinhas sofredoras à espera do grande amor ou alguns poucos desdobramentos em torno disso. O importante era que não se buscasse excessiva profundidade na construção dessas personas, para que a atenção do leitor se concentrasse nas ações e na aventura (esta, um ponto herdado dos épicos clássicos e dos romances de cavalaria medievais). Quanto à ambientação, poderia ser tanto urbana contemporânea, retratando dilemas e situações do cotidiano burguês, quanto se deslocar para cenários exóticos e retratar períodos históricos distantes. O estilo melodramático, com diálogos intensos, eventos impactantes e exageros emocionais ditava o tom da maioria dos folhetins. Não demorou para que os leitores passassem a interagir com os autores, mandando cartas para as redações dos jornais a fim de sugerir, ou até reivindicar, que a narrativa tomasse determinados caminhos. Com todos esses elementos, estava instaurada uma era de democratização da leitura de ficção, que não demorou a se desdobrar, ainda no século XIX, para a prática de reunir os capítulos seriados em um volume único, dando origem ao gênero romance como o conhecemos e consumimos ainda hoje. Já no século XX, com a chegada das tecnologias do rádio e da TV, esse formato acessível e altamente sedutor de contar histórias ganhou os lares diária ou semanalmente, e cá estamos na era do *streaming*, em que, a qualquer momento, de qualquer lugar do planeta, é possível se prender a uma trama articulada a partir dessas mesmas características.

Quando Janete Clair se propôs a publicar os capítulos de *Nenê Bonet* na revista *Manchete* em 1980, certamente entendia esse ciclo formativo do gênero que a consagrou e retomou as origens para provocar no público do impresso as mesmas sensações que provocava no público fascinado por seus trabalhos televisivos.

Em sua comunicação de "gente para gente, de emoção para emoção", como costumava dizer nas entrevistas, Janete ressignificou em *Nenê Bonet* a estrutura do melodrama e do folhetim abordando temas que dialogavam com seu momento histórico, como as questões de opressão da mulher.

*

Jenete Stocco Emer nasceu em 25 de abril de 1925, na cidade de Conquista, em Minas Gerais, filha de um comerciante de origem libanesa e de uma costureira. O sotaque carregado do pai atrapalhou o entendimento do escrivão no ato do registro, mas era como "Janete" que seu Salim e dona Carolina queriam batizar a filha, e foi com a grafia correta de seu nome associada à alusão a uma de suas músicas preferidas, *Clair de Lune*, de Debussy, que ela se consagrou na cultura brasileira.

Foi em Franca, ainda na infância, com a mudança da família para o interior de São Paulo, que a pequena Jenete se encantou com o rádio ao interpretar canções libanesas e francesas na estação PRB-5. Na década de 1940, após a separação traumática dos pais, ela se mudou com a mãe e o padrasto para São Paulo. Na adolescência, trabalhou como datilógrafa e no laboratório de análises clínicas do Hospital Municipal de São Paulo enquanto fazia um curso de bacteriologista. Em 1944, por intermédio de sua irmã, Amilde, Jenete ingressou na Rádio Tupi Difusora de São Paulo, como radioatriz e locutora. Nesta mesma emissora, em 1945, conheceu o dramaturgo Dias Gomes com quem, cinco anos depois, se casou. Tiveram quatro filhos — Guilherme, Denise, Alfredo e Marcos — e ficaram juntos até a morte da autora em 16 de novembro de 1983, em decorrência de um câncer.

Se o início foi como radioatriz e locutora, o caminho natural para descobrir sua verdadeira vocação, escrever suas próprias histórias, foi o rádio. De 1956 (quando, aconselhada pelo radialista Octavio Gabus Mendes, passou a assinar como Janete Clair) a 1967, foram mais de trinta radionovelas.

Entre 1963 e 1966, escreveu histórias para o programa infantil *Vesperal Trol*, na TV Tupi. Na mesma emissora, em

1964, estreou nas telenovelas com *O acusador*, seguida de *Paixão proibida*, em 1967. Nesse mesmo ano, foi surpreendida por um convite de José Bonifácio de Oliveira Sobrinho, o Boni, para resolver um problema: *Anastácia, a mulher sem destino*, de Emiliano Queiroz, estava sem rumo por haver se alongado demais. Janete não teve dúvidas: providenciou um terremoto e conduziu com êxito a trama até o fim. Entre o fim de 1967 e 1969, sob a supervisão da cubana Glória Magadan, especializada em tramas ao estilo "capa e espada", escreveu *Sangue e areia* (inaugurando o horário das oito em novelas na Globo), *Passo dos ventos*, *Acorrentados* (veiculada pela TV Record) e *Rosa Rebelde* (já de volta à Globo), tramas ambientadas na Espanha, no Haiti e na Jamaica.

No fim de 1969, ocorre uma virada, com o fim da gestão de Glória, em que os autores, sobretudo Janete Clair, passam a abordar temas genuinamente brasileiros e a construir personagens calcadas em nossa realidade que vão dialogar com as angústias e os anseios locais. Não é exagero dizer que se deve à maestria de Janete, aliada a diretores como Daniel Filho e Walter Avancini, e à produção da Globo a criação do laço afetivo e de fidelidade do público para com a telenovela nacional. A nova fase inicia-se com *Véu de noiva*, conhecida como "novela-verdade", tendo como pano de fundo o automobilismo. Em 1970, *Irmãos Coragem* estreia no clima do Brasil tricampeão de futebol na Copa do México. Sabiamente, Janete ambientou a trama em duas frentes: o interior de Goiás, cenário perfeito para o drama de garimpeiros e para impulsionar o reconhecimento social e econômico do Centro-Oeste, e o Rio de Janeiro, palco para os conflitos de um craque de futebol. Com esses elementos, a produção arrebatou uma nova fatia de audiência, o público masculino.

Em seguida, entre 1971 e 1972, Janete desenvolveu a trama mística de *O homem que deve morrer*. E, praticamente sem intervalo, iniciou a jornada em uma de suas mais importantes novelas, de sucesso absoluto: *Selva de pedra*. Era o homem em conflito entre o ser e o ter, exposto ao desenvolvimento desordenado das megalópoles, tentando equilibrar-se entre os bens espirituais e os materiais (um tema universal inerente à própria formação humana), forças díspares tão bem personificadas em Cristiano Vilhena (Francisco Cuoco) e as duas mulheres que atravessam sua vida: Simone (Regina Duarte) e Fernanda (Dina Sfat). *Selva de pedra*, trama inspirada no romance *Uma tragédia americana* (1931), de Theodore Dreiser, constituiu um marco na modernização da telenovela brasileira, seja pela temática que transitava de uma simplória cidade do interior a uma metrópole selvagem, seja pela direção de Daniel Filho e Walter Avancini, que buscavam novos movimentos de câmera com a tecnologia que começava a se fazer presente na indústria do entretenimento, e até a trilha sonora que fez explodir nas rádios a execução das músicas principais, como "Rock and Roll Lullaby", de B. J. Thomas. Estava consolidado um modelo de tramas mais maduras e personagens com maior consistência psicológica.

Simultaneamente a esse projeto de tanta entrega, a autora escreveu um episódio do programa *Caso Especial*. "Meu primeiro baile", uma adaptação de *Un carnet de bal* (1937), do poeta e escritor francês Jacques Prévert, foi o primeiro programa gravado e exibido inteiramente em cores da teleficção brasileira.

De 1973 em diante, Janete Clair ainda faria o público sonhar por muitos e muitos capítulos com *O semideus*; *Fogo sobre terra*, que tocou ousadamente na questão ambiental, antecipando as catástrofes climáticas; *Bravo!*, popularizando a música erudita; *Pecado capital*, um clássico que expôs de maneira brilhante e exata os conflitos do homem relacionados ao dinheiro; e *Duas vidas*. Ainda, em 1974, a autora brindou o público leitor da revista *Sétimo céu* com uma série de histórias em formato de fotonovela protagonizadas por Francisco Cuoco, o médico dr. Drumond, e Nívea Maria, a enfermeira Mônica.

Em 1977, mais um grande marco: *O astro*, que mobilizou o país em torno da pergunta "Quem matou Salomão Hayala?".

A novela também conquistou a audiência portuguesa, sendo exibida ainda no Canadá, nos Estados Unidos e outros países. Seguiram-se *Pai herói*, *Coração alado*, *Sétimo sentido* e *Eu prometo*, a trama que Janete Clair infelizmente não conseguiu concluir, pois já estava muito doente. Gloria Perez assumiu o texto, supervisionada por Dias Gomes. Janete faleceu em 16 de novembro de 1983, e no último capítulo da novela, em 17 de fevereiro de 1984, foi feita uma homenagem à autora ao som de "Eternamente", interpretada por Gal Costa.

*

Diante de toda essa variedade, podemos, portanto, dividir a obra dramatúrgica de Jante Clair em oito frentes, o que demostra a preocupação da autora em fazer um mapeamento sociocultural do Brasil.

1) Dramas exóticos (latino-americanos): *Anastácia — A mulher sem destino*; *Acorrentados*; *Sangue e areia*; *Passo dos ventos*; *Rosa rebelde*.
2) Dramas regionalistas: *O acusador* (adaptação da radionovela *A inocente pecadora*); *Irmãos Coragem*; *Fogo sobre terra*.
3) Dramas históricos e intimistas: *Paixão proibida* (adaptação da radionovela *A família Borges*); *Duas vidas*.
4) Dramas urbanos: *Véu de noiva*; *Selva de pedra*; *Pecado capital*; *O astro*; *Pai herói* (com base na radionovela *Um estranho na terra de ninguém*); *Coração alado*.
5) Drama mítico: *O semideus*.
6) Dramas místicos: *O homem que deve morrer*; *Sétimo sentido*.
7) Drama musical (melodrama): *Bravo!* (coautoria com Gilberto Braga).
8) Drama sociopolítico: *Eu prometo* (colaboração de Gloria Perez).

Ao ambientar suas tramas em distintas regiões do país e optar pela composição de personagens de maneira tão intensa e verdadeira, conseguia tratar de temas caros à sociedade com total naturalidade. Desse modo, enfocou o autoritarismo político reinante nos anos 1970, fruto dos regimes ditatoriais; a emancipação feminina; a inserção da mulher no mercado de trabalho; relacionamentos inter-raciais; o submundo do futebol; o crescimento desordenado das grandes metrópoles; o progresso desenfreado causador de catástrofes geográficas e climáticas; paranormalidade; solidão; justiça; ética e amor. E não se deve esquecer que praticamente todas as suas produções de maior impacto social foram veiculadas em plena ditadura militar.

Discreta em suas opiniões pessoais, Janete Clair transmitia seu recado ao público no comportamento e nas ações das personagens. E a audiência acompanhava com entusiasmo e emoção suas histórias diárias que se misturavam com os dramas particulares de cada um. Ao tecer de maneira brilhante a construção do herói na moderna telenovela brasileira, Janete Clair não apenas transformou a maioria de suas personagens em espécies de "arquétipos contemporâneos", como retratou com verdade e sentimento o "eu" da pós-modernidade. Suas histórias serviam, ao mesmo tempo, de espelho e modelo para um Brasil que lutava por liberdade, justiça social e integridade.

Assim como José de Alencar buscou retratar o Brasil por meio de seus romances — numa época em que ainda éramos importadores de ficção europeia —, ambientando-os em diversas províncias e períodos históricos e formando, no século XIX, não só um gosto brasileiro pelo consumo de folhetins e romances nacionais, como também o que se pensava ser a identidade nacional, Janete Clair, em seu tempo, trilhou o mesmo caminho. Autora fundamental na nacionalização e na modernização da telenovela brasileira, esteve na gênese da construção de nossa dramaturgia popular. Do rádio à televisão, seu estilo ecoa até hoje, de um modo ou de outro, tanto na telenovela mundial exibida pela televisão aberta, sobretudo em países como Turquia e Coreia do Sul, que vêm arrebatando um enorme público, quanto em diversas séries disponíveis nas plataformas globais de streaming. A despeito das diferenças entre as pessoas e entre grupos sociais, a obra de Janete Clair possibilitava a todos se sentir parte de um todo dentro da selva da ficção.

Mauro Alencar é especialista em teledramaturgia, mestre e doutor em Ciências da Comunicação pela ECA-USP. Atua como consultor e pesquisador. É membro da National Academy of Television Arts and Science e autor, entre outros, de *Susana Vieira — Senhora do meu destino* (Globo Livros, 2024), *A Hollywood brasileira — Panorama da telenovela no Brasil* (Senac, 2002) e das adaptações de *Selva de pedra* (2007) e *Pecado capital* (2008) para a Coleção Grandes Novelas (Globo Livros).

IMAGENS: ACERVO MAURO ALENCAR/ CENTRO UNIVERSITÁRIO BELAS ARTES

Capa da revista *Manchete* de 19 de abril de 1980, com destaque para o capítulo 5 da história: "*Nenê Bonet*: novo episódio do folhetim de Janete Clair".

Nenê Bonet

Folhetim de JANETE CLAIR

Ilustrações de Aldemir Martins

CAPÍTULO 5

RESUMO DO CAPÍTULO 4

Nenê, finalmente, resolvera assumir a personalidade de Bernarda, proporcionando a Julião uma noite de amor inesquecível. Embora ele se sentisse quase agredido pelas atitudes ousadas, depravadas de Nenê, não conseguira resistir e também se deixara levar pela paixão. A partir daí, Nenê começou a ganhar ascendência sobre ele, a se impor clara e abertamente. Conhecera sua força, sabia até onde podia ir e resolveu não se deter, prosseguir com aquele jogo até o fim, tirando dele o máximo de proveito. Ao mesmo tempo, contudo, aquela espécie de vitória deixava-lhe um travo amargo, pois tinha a certeza de que Julião, por intermédio dela, estava amando Bernarda. E isso era o contrário do que pretendia, sendo seu principal e único objetivo conquistar o marido. Se fosse até preciso provocá-lo, enciumá-lo, ela não se deteria. E foi exatamente o que fez, quando Artur Menezes convidou-os para um sarau em sua casa. Julião, que chegava de viagem, surpreendeu-se ao vê-la, encantadoramente linda, usando as jóias e o vestido que Cora lhe mandara.

Patrocínio NESCAFÉ

Abertura do capítulo 5 do folhetim, com resumo do episódio anterior, ilustrações de Aldemir Martins e a atriz Christiane Torloni como modelo fotográfico da personagem-título.

O médico se assustou:
— Vou mandar dar buscas em todo o hospital.
— Ela saiu, tenho certeza que saiu. Levou a mala, doutor.
— Neste caso, eu mesmo vou sair para procurá-la.
Daí a pouco, no pátio do sanatório, ele manobrava o carro, nervoso, ganhava a rua, a seu lado um enfermeiro.

* * *

Depois de cruzar o jardim e chegar à rua, sem que ninguém interceptasse seus passos, Nenê fez sinal para um táxi, ele parou, ela entrou, o motorista perguntando:
— Para onde, madame?
A verdade é que não estava ali naquele momento, todo o seu ser, todos os seus pensamentos e lembranças estavam voltados para o dia em que tinha ido ao sarau. Por isso, quando o motorista insistiu:
— Aonde vai?
Ela respondeu, sem saber o que dizia:
— Ao sarau.
— Hein? — fez o sujeito, sem compreender, enquanto ela, caindo em si, emendava:
— Desculpe, estava pensando... olhe, eu vou para a cidade. Rua do Ouvidor.
O motorista seguiu com o carro, ela se recostou no assento, novamente tomada pelas recordações, vendo-se diante de Julião, ele dizendo:
— Perguntei onde arranjou esse vestido.
— E eu lhe perguntei se reconhece esse vestido.
— Nunca vi antes. Por quê?
— Porque pensei que ele lhe trouxesse lembranças do passado.
— Você já o usou onde? Quando?
A mãe interveio:
— Gente, que interesse tem o vestido de Nenê?
O pai concordou:
— É isso mesmo. Temos de ir andando.
— Esperamos Nenê no carro, está bem? — falou Isabel, saindo, os outros acompanhando-a, Julião e Nenê agora sozinhos.
— O que tem meu vestido? Não gosta? — perguntou ela, depois de leve pausa.
Ele respondeu, seco:
— É indecente, imoral. Vá tirá-lo. Se quiser ir à festa, vista outra roupa. Assim, você não vai. Já basta seu cabelo, que me faz passar vergonha.
Ela falou, muito segura de si:
— Lamento, Julião, mas não tenho tempo de trocar de roupa. Boa noite, querido.
Caminhou até a porta, enquanto ele gritava, furioso:
— Nenê! Volte aqui!

Ela saiu, daí a pouco ele ouviu o ruído do carro, arrancando. Foi até a porta, bateu-a, num gesto cheio de raiva, impotência.
Meia hora depois, Nenê ouvia, inebriada, em meio aos outros convidados, a cantora, acompanhada pelo pianista, interpretar uma ária da ópera Madame Buterflay. *Formavam uma platéia educada, elegante, todos em trajes de noite, os homens muito sóbrios, as mulheres enlevadas. Nenê estava sentada na última fila, uma cadeira vaga a seu lado. Em determinado momento, Artur veio para junto dela, sentou-se, dizendo, baixinho:*
— Está gostando?
— Muito.
E ele, galanteador:
— Esta noite, a senhora está deslumbrante.
Ela deu um pequeno sorriso, envaidecida, com um sinal pediu-lhe silêncio, mas ele, ousado, sem se conter, pegou-lhe a mão. Nenê, surpresa, encarou-o, tentando retirar a mão mas ele apertou-a mais ainda:
— Perdão, mas... estou ficando louco pela senhora.
Finalmente, ela conseguiu libertar a mão, pôs-se a se abanar com o leque, nervosa, girou a cabeça para a porta de entrada, deu com Julião, que acabava de chegar. Artur também o viu, foi até ele, sorrindo, trouxe-o para junto de Nenê, fê-lo sentar-se ao lado da mulher, afastou-se, de longe ficou olhando para os dois, enciumado. Julião estava elegante, bem arrumado, belo mesmo. Nenê sentiu orgulho dele, mas ainda estava sob o impacto da audácia cometida por Artur. Julião notou:
— O que aconteceu?
— Nada. Por quê?
— Você está corada demais.
Ela mentiu:

— É a emoção de ver você chegar.
— Vim buscá-la.
— Só irei depois de terminar — falou ela, comentando: — Linda esta ária, não?
— Não é minha ária predileta.
Ela tornou, cheia de intenção:
— Você talvez preferisse que a música fosse da Tosca...
— Por que a Tosca?
— Você sabe...
— Não entendo o que quer dizer.
Ela fez um gesto gracioso:
— Agora fique calado. Está atrapalhando.
Depois que o recital terminou, foi servido um coquetel, todos, animados, bebendo, cumprimentando os intérpretes, conversando. Artur e Julião estavam a um canto, afastados.
— Pensei que estivesse viajando — disse Artur.
— Resolvi voltar de repente.
Julião estava distante, sem se importar com a conversa, correndo os olhos em torno. Artur percebeu:
— Está preocupado?
— Não... estou procurando minha mulher, para irmos embora.
Artur fez um gesto de cabeça:
— Pois ali está ela.
Julião se virou, deu com Nenê numa roda, cercada por quatro ou cinco sujeitos. Ela ria muito, demonstrava grande satisfação. Artur comentou:
— Indiscutivelmente, dona Nenê é a rainha da festa. Roubou todas as atenções. Parece ser a prima-dona.
— Isso é... simplesmente ridículo.
Julião foi ter com Nenê, segurou-a forte, pelo braço. Ela sorriu:
— Olá, querido! — e depois, dirigindo-se aos outros:

— Com certeza conhecem meu marido, não?
Cumprimentaram-no, afáveis, Nenê acrescentando:
— Estavam-me contando as graças que um certo cavalheiro fez para conquistar uma mulher.
Julião não se importou de parecer rude:
— Imagino que seja muito engraçado. Só que vão nos dar licença, temos de ir mais cedo para casa. Vamos, Nenê.
— Os senhores vão-nos desculpar — falou ela, enquanto os outros, sem esconder sua decepção, despediam-se, um deles comentando, depois de dar palmadinhas amigáveis nas costas de Julião:
— És um homem de sorte...
Ele, sempre pegando Nenê pelo braço, afastou-se. Sua raiva era tanta que a segurava com uma força enorme, a ponto de ela protestar:
— Está me machucando!
Sem ligar, ele praticamente a arrastou para fora fali, sua raiva continuando mesmo depois de já estarem em casa, ele batendo a porta do quarto com força, ela reclamando:
— Isto são modos?
E ele, nervoso:
— Devia era ter-lhe dado umas boas bofetadas na frente daqueles homens!
— Isso prova que você é mesmo um selvagem.
— É o que você merecia!
— Mas o que foi que eu fiz de errado?
Ele exclamou, revoltado:
— Tudo! Tudo, meu Deus do céu! A começar por esse vestido... indecente...
— É a última moda.
Ele continuou, sem ouvir:
— Esse seu jeito cínico... terminando com seus modos de debochada... rindo, se arreganhando... no meio dos homens... Para fazer bonito, se exibir, ou, quem sabe... é, é isso... para me humilhar, me envergonhar... Para me rebaixar ao último dos homens. É isso o que você quer, não é? Ridicularizar-me! Porque não existe outra explicação para essa sua mudança súbita.
Ela fez um gesto para se afastar:
— Estou cansada. Vou trocar de roupa para me deitar.
Ele não deixou:
— Nenê, confesse. Não é isso o que você quer?
— Ora, Julião... se você fosse mais inteligente...
— O que é que tem?
— Enxergaria a razão da minha mudança súbita. Mas você enxerga, sim, eu sei. Não quer é dar o braço a torcer.
— Existe... existe uma razão?
— Claro que existe.

SEGUE

Primeira página do capítulo 5, veiculado na edição nº 1.461 da revista *Manchete* em 19 de abril de 1980.

Assim como as telenovelas têm anunciantes, essa história teve o patrocínio de Nescafé.

SOBRE A CONCEPÇÃO DA CAPA

A direção de arte homenageia a estética art déco ao mesmo tempo que tenta transmitir a essência de uma jovem que desafia as convenções e se lança ao mundo para conquistar seu espaço.

Sentada em um sofá *récamier* vemos a figura que representa Nenê Bonet. Esse tipo de móvel, com encosto assimétrico e curvas elegantes, ressalta a postura da personagem, transmitindo confiança e rebeldia ao ser retratada fumando. Desafiando as convenções, a jovem Ernestina aprendeu, como uma forma de expressão e resistência, a tocar maxixe ao piano e depois a dançar esse ritmo considerado escandaloso pela elite conservadora.

A paleta de cores escolhida para a capa remete ao refinamento dos anos 1920, evocando os cartazes publicitários e o design gráfico da época. O uso de elementos estilizados sugere a opulência da sociedade carioca que compõe o pano de fundo da narrativa. Reforçando a identidade visual inspirada no glamour e na modernidade daquela década, a tipografia geométrica e imponente remete à elegância característica do período, enquanto a composição equilibra formas simétricas e linhas bem definidas.